Josafat

BIBLIOTECA DIDÀCTICA DE LITERATURA CATALANA

Prudenci Bertrana

Josafat

Edició a cura de Josep Navarro

BARCANOVA

Col·lecció dirigida per Sebastià Bech

Coordinació tècnica: Albert Lázaro Tinaut
Direcció artística: Josep Pujol Mas

Pl. Lesseps, 33, entresol. 08023 Barcelona
Telèfon (93) 217 20 54. Fax (93) 238 15 79
Disseny de la coberta: Counterfort
Fotografies: Arxiu Barcanova
Segona edició: desembre de 1993
Dipòsit legal: B-36818-1993
ISBN: 84-7533-566-7
Printed in Spain
Imprès a HUROPE, S.A. Recared, 4. 08005 Barcelona

ÍNDEX

SÍMBOLS I ABREVIATURES

◆◆	Suggeriment de treball sobre aspectes centrals de l'obra.
◆	Altres propostes de treball.
[2]	Vegeu el número [2] de l'apèndix.
[...]	Mots suprimits en una citació.
arc.	Arcaisme: forma antiga.
col.	Forma col·loquial.
dial.	Forma dialectal.
fig.	En sentit figurat, metafòricament.
loc.	Locució: per exemple: *a l'esbiaixada.*

INTRODUCCIÓ

L'Època de Prudenci Bertrana

Prudenci Bertrana va néixer a Tordera l'any 1867 i va morir a Barcelona el 1941. Visqué en una època agitada i inestable: 74 anys durant els quals Catalunya, Espanya i Europa experimentaren profundes transformacions en tots els àmbits.

Europa

Durant les últimes dècades del segle XIX, la majoria dels estats europeus, en règim de democràcia liberal, intensifiquen la seva industrialització alhora que miren d'ampliar les possessions colonials. En general, és un període d'expansió econòmica i de bonança política, caracteritzat, sobretot, pels avenços científico-tecnològics i pel creixement demogràfic. Durant les quatre primeres dècades del segle XX, en canvi, el ritme vertiginós del progrés es veu contrapuntat per grans crisis econòmiques, socials, polítiques i, finalment, bèl·liques.

Les tensions internes més importants són les provocades per qüestions socials i laborals, que amb els anys es van aguditzant. Enfront d'una burgesia més consolidada i pròspera que mai, les masses proletàries, explotades, desprotegides, sovint abocades a la misèria, s'obren cada vegada més als ideals revolucionaris. D'aquesta manera, el socialisme i l'anarquisme van guanyant adeptes entre els obrers, que s'agrupen en organitzacions sindicals, disposats a defensar els seus interessos de classe i a substituir, a la llarga, un règim que troben injust.

La gran revolució, tanmateix, no es produeix en els països més industrialitzats com Gran Bretanya o Alemanya, sinó en la vella Rússia dels tsars, l'any 1917. D'aquesta revolució, en neix la Unió de Repúbliques Socialistes Soviètiques (URSS).

A Itàlia i Alemanya, en canvi, les democràcies liberals són enderrocades per moviments totalitaris ultranacionalistes: el feixisme de Mussolini i el nacionalsocialisme de Hitler.

Pel que fa a les relacions internacionals, les tensions també s'aguditzen progressivament fins a abocar a la primera (1914-1919) i la segona (1939-1945) guerres mundials, que afecten pràcticament tots els estats europeus. Les causes immediates d'aquests horribles conflictes, que provoquen milions de morts, són l'exacerbament dels nacionalismes expansius (especialment l'alemany) i les picabaralles i disputes territorials entre estats veïns.

Després de la segona guerra mundial, els vells estats europeus, exhaustos i arruïnats per l'esforç bèl·lic, perdran l'hegemonia mundial en benefici de dues grans potències: els EUA i l'URSS.

Al terreny cultural i artístic, les últimes dècades del segle XIX i les primeres del XX constitueixen un període d'una vitalitat, una audàcia renovadora i una riquesa realment excepcionals.

Espanya

Al llarg del segle XIX, Espanya, sumida en una profunda decadència econòmica, política i cultural, viu pràcticament al marge d'Europa, tancada en ella mateixa, sense cap protagonisme internacional i sotmesa a una constant inestabilitat política i institucional (guerres civils, pronunciaments militars a dojo i canvis constants de govern).

Després de la tercera guerra carlina (1872-1876) comença, sota el regnat d'Alfons XII, un període de calma política marcat per l'alternança de governs conservadors i liberals. Tanmateix, aquesta normalitat institucional és una aparença, un miratge: Espanya, en realitat, queda molt lluny de ser una democràcia liberal a l'estil de les europees. Entre altres coses, no s'ha produït encara la revolució industrial (excepte al País Basc i Catalunya); la vida política continua marcada per la corrupció i la retòrica buida, les reformes que són necessàries per a la modernització de l'Estat no s'emprenen mai amb la decisió necessària, els grups de pressió tradicionals (grans terratinents, estaments militar i clerical) continuen manejant els

Caricatura que satiritza l'alternança de poder a la Restauració. A dalt, Cánovas del Castillo (conservador) és servit per Sagasta (liberal). A baix, la situació s'ha invertit.

fils del poder i, a resultes de l'immobilisme imperant, el descontentament social creix entre les masses camperoles i obreres, entre les quals comencen a arrelar amb força els ideals revolucionaris.

El segle s'acaba amb un fet ben simptomàtic: l'any 1898, després d'una brevíssima guerra amb els Estats Units, Espanya, vençuda i humiliada, perd les últimes colònies del seu antic imperi: Cuba i les Filipines.

La consciència d'haver tocat fons i el desig de regeneració estatal provoquen una intensa revifalla cultural (la irrupció de la Generació del 98) que no suscita, però, cap moviment paral·lel d'ordre político-econòmic. Durant les primeres dècades del segle XX la situació continua agreujant-se. La vida política es radicalitza. La dreta reaccionària (aristocràcia, exèrcit, banca, burgesia, església) i l'esquerra revolucionària (organitzacions polítiques i sindicals socialistes, comunistes, anarquistes) s'encastellen en posicions cada vegada més irreconciliables. Són «*las dos Españas*» de què parlà Antonio Machado. La confrontació dels dos blocs s'intensifica durant la Segona República (proclamada el 1931, després de l'abdicació d'Alfons XIII) i esclata finalment en forma de guerra civil (1936-1939) amb l'alçament del general Franco. La guerra acaba amb la victòria de les forces reaccionàries i amb la instauració de la dictadura franquista, que durarà 40 anys.

Catalunya

Al llarg de l'època que tractem, les tensions socials són a Catalunya —sobretot a Barcelona— molt agudes i complexes. Originades normalment per qüestions laborals, desemboquen de tant en tant en moments de gran virulència: atemptats anarquistes de fi de segle, la Setmana Tràgica (1909), mobilitzacions i vagues, pistolerisme patronal de la dècada de 1920, etc.

Un altre factor singular de la situació catalana és el naixement i la consolidació del catalanisme polític, última conseqüència de la Renaixença i fruit igualment tant d'una profunda desconfiança envers els polítics espanyols com d'una situació i uns interessos econòmics diferenciats dels de la resta de l'Estat.

El president Macià en el moment de signar la proclamació de la República Catalana.

Durant la primera fase del catalanisme, el protagonisme més gran correspon a un partit de caire conservador, abanderat d'amplis sectors de la burgesia i classes mitjanes catalanes: la Lliga Regionalista, fundada per Enric Prat de la Riba l'any 1901, que esdevé la força política més important a Catalunya al llarg de les dues primeres dècades del segle XX, durant les quals intervé activament en la política espanyola alhora que reivindica i finalment obté del govern central unes certes cotes d'autogovern (la Mancomunitat de Catalunya, 1914-1923).

La dictadura del general Primo de Rivera (1923-1927) talla aquesta primera experiència autonòmica. No serà fins després de la proclamació de la Segona República que es tornarà a obrir un breu període d'autogovern català. Ara el protagonisme, però, correspon a un partit de signe més progressista i radical: l'Esquerra Republicana de Catalunya, de Francesc Macià, primer president de la Generalitat restaurada.

La derrota republicana a la guerra civil significa el final d'aquesta segona experiència autonòmica.

Cultura catalana

El panorama cultural català del segle XIX es troba dominat de cap a cap per la Renaixença, ampli moviment que propugna la recuperació de la cultura catalana en tots els seus vessants, des de la llengua i la literatura fins a la història, el dret, els costums i les tradicions populars, etcètera. Els literats i intel·lectuals que impulsen la Renaixença volen estudiar, dignificar i enaltir els factors diferencials catalans i els elements culturals específics. Els mèrits de la Renaixença són indiscutibles: el primer i més important, haver invertit el procés que amenaçava la cultura catalana amb la desaparició. Però també són evidents les seves limitacions: fou un moviment neo-medievalista, nostàlgic, sentimentaloide, tancat al món i a la modernitat.

Al final del segle XIX, una nova generació d'escriptors i artistes comprenen que, un cop salvada la cultura catalana, cal posar-la al dia, obrir-la als aires d'Europa. Són els modernistes: joves fills de la burgesia, iconoclastes, combatius, una mica bohemis, ambiciosos i cultes. Participen d'aquestes inquietuds literats, pintors (com Ramon Casas i Santiago Rusiñol), arquitectes (com Antoni Gaudí), músics (com Enric Morera)... La cultura catalana experimenta gràcies a ells una

La Universitat Industrial de Barcelona, impulsada per la Mancomunitat de Catalunya.

profunda oxigenació, una convulsió traumàtica però saludable, una modernització i una europeïtzació imprescindibles per a no enfonsar-se en el provincialisme i el simple folklore.

Després del Modernisme arriba el Noucentisme (1906-1923), menys divers i ric, però més eficaç, en molts aspectes crucials. Aquest moviment no neix d'una actitud de revolta, sinó d'una voluntat de col·laboració entre un grup d'intel·lectuals (Eugeni d'Ors, Josep Carner, Pompeu Fabra...) i el catalanisme polític conservador d'Enric Prat de la Riba, que els ofereix les seves plataformes de poder. La simbiosi és molt fecunda. La labor dels noucentistes, feta des d'una estètica classicitzant i civilista, destaca per les seves realitzacions culturals: fixació —finalment!— d'una gramàtica i un model lingüístic oficials, consolidació d'una infrastructura editorial, creació d'una xarxa de biblioteques, penetració progressiva del català en la vida escolar i universitària, extraordinari impuls donat a les traduccions a la nostra llengua dels grans escriptors antics i moderns, etcètera.

Lamentablement, aquest primer període *institucional* de la cultura catalana moderna només dura uns pocs anys, encara que després del parèntesi de la dictadura de Primo de Rivera ve un segon i breu període (Segona República) en què s'intenta consolidar els fonaments posats pel Noucentisme.

La dictadura franquista va significar l'esfondrament de tot aquest importantíssim i laboriós procés, que mai no havia deixat de veure's, des dels cercles polítics espanyols (de dreta o d'esquerra), amb una profunda desconfiança.

Val a dir, finalment, que la dinàmica normalitzadora del segle XIX i la primera meitat del XX afecta només Catalunya, mentre que València i les Illes, en unes condicions econòmiques, polítiques i socials diferents, en resten gairebé del tot al marge.

LA LITERATURA CATALANA A L'ÈPOCA DE PRUDENCI BERTRANA

La Renaixença

La poesia és el gènere més conreat durant la Renaixença. Es tracta d'una poesia d'arrel romàntica que té com a objectiu l'exaltació patriòtica, l'evocació i la mitificació de gestes històriques (especialment medievals), la visió idealitzada i simbòlica de la terra catalana (el paisatge, les muntanyes, els arbres, la gent de pagès), la reelaboració de llegendes autòctones i la imitació de les cançons populars tradicionals; la configuració, en definitiva, d'una mena de catalanitat essencial a partir del passat i del món rural. La figura més important d'aquest període és Jacint Verdaguer, poeta èpic, patriòtic i religiós.

El teatre i la novel·la, a diferència de la poesia, no comencen a consolidar-se fins a les dues últimes dècades del segle, i encara amb limitacions. Els drames romàntics catalans (d'ambientació històrica o rural) ens ofereixen tot el repertori del gènere: passions abrandades, malentesos, amors impossibles, situacions límit i desenllaços fatals. Àngel Guimerà, autor de *Mar i cel* i *Terra baixa,* és el dramaturg més important de la Renaixença.

El millor novel·lista és Narcís Oller. *La febre d'or, La bogeria* i *Pilar Prim* són algunes de les seves obres principals. Oller, a diferència de poetes i dramaturgs, no segueix models romàntics, sinó que s'inscriu en la tradició de la novel·la realista. La fantasia, el mite i la història deixen pas, en aquest model de novel·la, a l'objectivitat, la versemblança i una temàtica extreta de la realitat present.

El Modernisme

La literatura modernista, bé que desigual i immadura en molts aspectes, és tan rica i variada que ens haurem de limitar a enumerar les seves aportacions més importants.

Destaquem, en el camp de la poesia, l'obra de Joan Maragall. En els seus millors poemes lírics («Cant espiritual», «Les muntanyes»...) arriba a obtenir, amb una gran austeritat formal, una magnífica intensitat d'expressió, un grau de suggestió verbal comparable al dels poetes simbolistes francesos (Baudelaire, Mallarmé, Rimbaud...). Altres vegades, Maragall utilitza la poesia com a instrument de reflexió ètica, política, filosòfica («El comte Arnau», «Oda nova a Barcelona»...). Entre una cosa i l'altra, Joan Maragall s'erigeix com el primer gran poeta català modern. Comparats amb ell, els altres poetes modernistes són figures menors.

Quant al teatre, destacarem les obres d'Ignasi Iglésias i Joan Puig i Ferrater, amb una forta càrrega de crítica social, fetes sota la influència del teatre d'Ibsen i la filosofia de Nietzsche. En contraposició amb aquest corrent, que s'ha anomenat regeneracionista, tenim les obres decadentistes, poètiques i simbòliques (a l'estil de Maeterlinck) d'Adrià Gual i Santiago Rusiñol, autor aquest últim que conrea també la sàtira.

Pel que fa a la narrativa, finalment, l'aportació més important correspon a la *novel·la simbòlica.* De les característiques d'aquest subgènere modernista, dins el qual hem de situar *Josafat,* en parlarem tot seguit. A més de la novel·la simbòlica, cal esmentar l'extraordinària prosa descriptiva de Joaquim Ruyra, autor de *Marines i boscatges.*

La novel·la simbòlica

Aquest és el terme que sembla haver-se imposat per a designar el conjunt de les novel·les modernistes més representatives: *Els sots feréstecs,* de Raimon Casellas; *Solitud,* de Víctor Català; *Josafat,* de Prudenci Bertrana, i *La vida i la mort de Jordi Fraginals,* de Josep Pous i Pagès.

La novel·la simbòlica és, en primer lloc, una reacció contra el model realista predominant a Europa durant les dècades anteriors. Els trets principals ja no són la reproducció de la realitat, la voluntat testimonial, la precisió descriptiva, sinó la vaguetat i la suggestió, la configuració d'un marc misteriós i irreal on personatges, objectes i fets adquireixen un valor simbòlic, ambivalent, profund.

Les novel·les simbòliques ens presenten un individu solitari i singular que lluita per la seva autorealització fins que, víctima de forces adverses (el mal, el destí, l'hostilitat dels al-

Cartell d'Adrià Gual, home de teatre que conreà també les arts plàstiques.

tres) acaba vençut i anihilat. La crítica ha vist en aquest esquema argumental bàsic la traducció narrativa i simbòlica de l'enfrontament de l'intel·lectual modernista contra la societat materialista i burgesa del seu temps. També hi podem veure, segons escriu Jordi Castellanos a propòsit d'*Els sots feréstecs*, «l'itinerari d'un individu que cerca la seva plenitud individual dins el joc de tensions generades pel contacte entre la seva subjectivitat i la realitat que l'envolta».

El simbolisme va encara més enllà: el protagonista (un capellà, una ermitana, un campaner) sol exercir un treball relacionat amb la religió i en un ambient sacre, mentre que les forces destructores, seguint un procés de reducció simbòlica, es concentren en un individu del sexe contrari que, per una segona reducció, actua mogut sobretot per la luxúria. L'enfrontament, així, queda reforçat pel contrast i agafa encara més connotacions simbòliques (la religió contra el diable, el bé contra el mal, etc.). El novel·lista, a més, intensifica la tensió narrativa fent que els moments culminants de la relació-enfrontament tinguin lloc en un marc sagrat: la prostituta Roda-soques, a *Els sots feréstecs,* irromp en plena missa; Mila, a *Solitud,* és violada per l'ànima dins la capella; en el cas de Josafat, l'ambient de sacrilegi és encara més accentuat.

El marc és un altre element clau. Durant molts anys, el terme de *novel·la rural* havia servit per a etiquetar aquestes obres, a les quals es retreia, sovint amb mala fe, que eren simples prolongacions de la línea ruralista tradicional de la Renaixença. Amb el temps, però, l'originalitat i la modernitat del gènere han quedat fora de dubtes, entre altres coses perquè la natura i els pagesos que trobem a *Els sots feréstecs* i *Solitud* no són producte de la visió idealitzadora pròpia de la Renaixença (ni tampoc d'una voluntat realista), sinó que hi tenen una dimensió simbòlica. El protagonista és arrencat del seu ambient habitual i conduït a l'aclaparadora solitud. «L'escenari muntanyós simbolitza la reclusió en l'autoconeixement», escriu Alan Yates. D'aquí, doncs, les muntanyes solitàries, les fondalades, els cingles, els boscos, els pagesos esquerps i hostils, les boires i les tempestes —o bé, com a variant, els impressionants espais d'una catedral solitària, com en el cas de *Josafat.*

Aquests espais, d'altra banda, arriben a agafar suggestives connotacions metafísiques: així, son anomenats «el regne de la mort» *(Els sots feréstecs),* «la regió de les ombres fredes» *(Solitud),* o bé són vistos com a immensos sepulcres (la catedral a *Josafat*).[26-29]

El Noucentisme

Ja hem parlat de la decisiva tasca institucional i normalitzadora dels intel·lectuals noucentistes dins el limitat però fecund autogovern catalanista.

L'estètica noucentista, de ressonàncies ètiques i cíviques coincidents amb els ideals del catalanisme burgès, és una doctrina de cultura i d'ordre.

***Les vacances*, per Josep Aragay (1923), obra que recull l'esperit del Noucentisme.**

Eugeni d'Ors, el principal teòric del moviment, propugna, enfront de les turbulències estètiques i ideològiques de la fi de segle, un art regit per l'ordre, la racionalitat, el formalisme, la proporció i l'elegància, un model arbitrari i idealista, plenament inserit dins la gran cultura clàssica i humanista de la Mediterrània.

En nom d'aquests principis, el Noucentisme defuig, en bloc, el realisme servil, la literatura de conflictes passionals extrems, el ruralisme, els drames d'agitació ideològica i el simbolisme. Elabora, en canvi, una literatura estilitzada, artificiosa, ciutadana, refinada i culta, que conté una visió amable i idealitzada —de vegades lleugerament irònica— de la realitat.

Els gèneres predilectes són les proses breus (narracions i articles), la traducció i, sobretot, la poesia, que té els seus màxims representants en Josep Carner i Guerau de Liost. Per contra, la novel·la i el teatre, més difícils de casar amb l'idealisme, entren en crisi durant aquest període.

EL CATALÀ A L'ÈPOCA DE *JOSAFAT*

La llengua literària

Durant l'època que ressenyem, tots els moviments literaris successius (Renaixença, Modernisme, Noucentisme) es plantegen com a preocupació fonamental la necessitat d'establir un model digne, ric i depurat de llengua literària. El primer que cal per poder generar una literatura normal és, òbviament, una llengua normal. L'empresa, però, no era gens fàcil. Com que la literatura catalana pràcticament s'havia extingit durant el segle XVIII, calia partir de zero, sense el fonament d'una tradició immediata. D'altra banda, la presència del català escrit en els cercles i ambients culturals, econòmics i administratius (ensenyament, universitat, món editorial, periodisme, organismes oficials, empreses, comerç, etcètera) era pràcticament nul·la. Pel que fa al català parlat, vivia abandonat, malgrat la seva inqüestionable vitalitat popular, a unes progressives corrupció, vulgarització i fragmentació dialectal, conseqüència inevitable de la manca de l'acció cohesionadora i directriu que l'ús generalitzat de la llengua escrita exerceix en totes les llengües normals.

El català de la Renaixença

En consonància amb els seus temes i ambients predilectes, els poetes de la Renaixença elaboren durant el segle XIX un model lingüístic d'un clar regust arcaïtzant i rural. De les obres dels clàssics catalans medievals, redescobertes i revalorades precisament pels romàntics, se n'extreuen multitud de mots i expressions que són reimplantats a la vella soca de la llengua, mentre que els poetes de Mallorca i de les comarques rurals catalanes, amb un vocabulari més ric i genuí que el dels seus col·legues barcelonins, fan constants aportacions al nou model. D'entre tots els romàntics, Jacint Verdaguer és, de molt lluny, el poeta que té una llengua més rica, segura i vigorosa.

La qüestió del model, a un novel·lista com Narcís Oller, se li planteja d'una manera diferent. A diferència dels poetes romàntics, Narcís Oller no pot inventar-se un model lingüístic, sinó que, d'acord amb el seu credo realista, ha de mantenir un mínim de fidelitat envers el llenguatge de la societat

Narcís Oller, creador de la novel·la catalana contemporània (retrat per Ramon Casas).

que vol reflectir en les seves obres. Així, la pobresa, la inseguretat i els castellanismes que sovint se li han retret no solament són fruit de la seva formació castellana, sinó també d'una exigència superior a la de la puresa: la versemblança, la credibilitat. I és que, més que cap altre gènere, la novel·la necessita una bona salut social de la llengua.

Els modernistes i la llengua

No cal dir que els intel·lectuals modernistes coincideixen a trobar insuficient, encarcarat i carrincló el model de la Renaixença. És a l'hora de forjar un model alternatiu on, fidels al seu tarannà individualista i anarquitzant, no aconsegueixen posar-se d'acord.

Així, la poesia de Joan Maragall, lloable en tants aspectes, no es caracteritza pas per la seva riquesa lèxica, ans al contrari. L'autor del *Cant espiritual* sotmet el seu llenguatge —força limitat— a un procés de selecció i depuració a la recerca del que ell anomena la *paraula viva,* generadora de l'energia poètica. L'experiència maragalliana és interessantíssima des del punt de vista estètic i l'acosta a les formulacions dels simbolistes francesos, però no suposa cap enriquiment ni cap pas endavant en relació amb el model que calia construir.

No tenen tampoc gaire importància les aportacions lingüístiques dels altres poetes modernistes, ni la dels dramaturgs.

Pel que fa a la novel·la simbòlica, s'imposa, especialment en les d'ambientació rural, l'anomenat «llenguatge mascle», caracteritzat per la selecció d'un vocabulari agrest, pseudodialectal i rústec, reforçat encara per interjeccions, augmentatius i locucions del món rural. La rudesa d'aquest estil ve contrapuntada amb fragments en els quals l'escriptura és sotmesa a un grau de poeticitat molt intens (adjectius, repeticions, comparacions i altres recursos, etc.). La finalitat d'aquest tractament poètic és reforçar els efectes suggestius per «*hipnotizar el alma del lector*», en paraules de Raimon Casellas. Globalment, doncs, és un llenguatge molt eficaç per a un gènere concret, però no té, ni ho pretenia, cap ambició modèlica.

Com a cas a part tindríem el de Joaquim Ruyra, escriptor que és, de tots els modernistes, el que maneja un llenguatge més ric.

Pompeu Fabra.

El model noucentista

Va correspondre al Noucentisme, finalment, l'elaboració i la fixació normativa del català literari modern: un model que no sols ha sobreviscut al moviment, sinó que, amb petites modificacions, s'ha mantingut vigent fins avui. Aquest és, sens dubte, el mèrit més alt del Noucentisme. Pompeu Fabra, Josep Carner i companyia es van aplicar durant anys, amb un entusiasme i una avidesa cultural només comparables a les dels antics humanistes, a forjar el nou llenguatge a partir de l'estudi exhaustiu de la llengua real i mitjançant múltiples adaptacions i incorporacions lèxiques d'origen divers (dialectes, llengües clàssiques i romàniques, neologismes...). Al capdavall, van deixar a les generacions posteriors una llengua rica, dúctil i elegant, un instrument apte per a totes les disciplines i activitats humanes.

En molts casos, sobretot en les solucions inicials, el llenguatge noucentista pot donar la sensació d'amanerament i artificiositat. Tanmateix, aquest problema s'anà resolent amb els anys. A part d'això, el punt més feble del model noucentista, de cap manera imputable al moviment en si, fou —i ho continua essent— la precarietat i la insuficiència de la seva implantació social a través, sobretot, de l'ensenyament i els mitjans de comunicació. En definitiva, a Catalunya —i no parlem del País Valencià i les Illes!— han faltat anys de llibertat, d'autogovern, de normalitat. Però això ja ens portaria a un altre terreny.

VIDA I OBRA DE PRUDENCI BERTRANA

Infància i joventut

Prudenci Bertrana neix a Tordera (la Selva) l'any 1867. El seu pare era un propietari rural d'ideologia molt conservadora, partidari de la causa carlista, que aleshores propugnava la candidatura de Carles de Borbó i d'Àustria-Este a la corona espanyola. Durant la tercera guerra carlina que esclata al cap de poc temps (1872-1876), la família segueix les tropes del general Francesc Savalls amunt i avall de les comarques gironines, portant una vida nòmada i insegura.

Prudenci Bertrana.

Acabada la guerra, els Bertrana s'instal·len a Girona. Durant una colla d'anys, el futur escriptor alterna la seva vida a la ciutat, on estudia batxillerat, amb les llargues estades d'estiu en un mas prop de Santa Coloma de Farners, propietat del seu pare, on s'esplaia amb la vida del camp, la cacera i la contemplació de la natura, elements que reapareixen sovint en una bona part de la seva obra narrativa posterior. El 1885, per indicació del pare, comença a Barcelona els estudis d'enginyeria, que abandona al cap d'un any per matricular-se a la Llotja amb el propòsit d'esdevenir pintor, considerant que és aquesta la seva autèntica vocació. Com tants modernistes, Prudenci Bertrana, contrari als designis paterns, cedeix a l'atracció de l'art.

El pintor que esdevé literat

Pels volts de 1890 torna a Girona i es casa amb Neus Salazar, de qui amb els anys té tres filles i un fill. Dedicat a la pintura, no arriba mai a triomfar i s'ha de limitar a fer treballs d'encàrrec: paisatges, retrats, rètols comercials... La situació econòmica es comença a fer difícil quan, per raó d'unes maniobres legals dels seus masovers, Bertrana perd les propietats que constituïen l'herència paterna. Llavors, per tirar endavant, es dedica a ensenyar dibuix en diversos centres docents gironins.

Aquest tipus de vida no satisfà les necessitats materials ni les esperances artístiques de Bertrana. És llavors que el tempta la literatura. Al tombant de segle, comença a integrar-se als cercles renovadors de les lletres gironines i publica en revistes locals les seves primeres narracions breus. Alhora, ingressa a les files del catalanisme progressista i arriba a dirigir un periòdic republicà, *Ciudadanía,* càrrec que li ocasionà més d'un disgust amb les autoritats. L'any 1911 és empresonat cinc dies per reproduir un article antimilitarista (aparegut abans en una revista madrilenya) i, després d'un consell de guerra, condemnat a cinc mesos de presó, sentència que mai no complí.

Bertrana, aleshores, ja s'havia consolidat com un dels valors més sòlids del modernisme gironí —però també el més bescantat per part de militars, eclesiàstics, autoritats i cercles conservadors locals en general—. L'any 1906 publica la novel·la *Josafat,* que provoca a Girona un considerable escàndol pel seu contingut eròtic i pretesament sacríleg; el 1907, una altra obra seva, *Nàufrags,* és premiada a Barcelona en el concurs de novel·la del diari *El Poble Català;* també el 1907 apareix el recull de contes *Crisàlides;* el 1911, *Proses bàrbares,* centrades en els temes de la natura i la cacera, rememoració i recreació de les seves antigues estades al perdut mas pairal.

Trasllat a Barcelona: marginat pel Noucentisme

El 1912, asfixiat per la vida provinciana i les penalitats econòmiques, repetidament amenaçat per raó dels articles sobre Girona que publicava a la revista satírica barcelonina *L'Esquella de la Torratxa,* i amb l'esperança d'un major reconeixement dels seus mèrits, l'escriptor abandona la ciutat i es trasllada amb la seva família a Barcelona.

Malauradament per a ell, la seva arribada a la capital coincideix amb la liquidació del Modernisme i la consolidació del Noucentisme. Els abanderats d'aquest nou moviment, com hem vist en els temes introductoris, monopolitzen ràpidament la majoria d'institucions i plataformes culturals catalanes. Una bona part dels escriptors modernistes supervivents (el mateix Bertrana, Víctor Català, Joan Puig i Ferrater, Santiago Rusiñol...) són sistemàticament marginats i arraconats en nom dels principis del nou moviment, formulats per Eugeni d'Ors. D'altra banda, el Noucentisme propugna un potenciament de la poesia (Josep Carner i Guerau de Liost són els màxims exponents de la literatura noucentista), en perjudici de la novel·la.

Bertrana, en una situació econòmica sempre precària i situat en un segon pla dins el món cultural barceloní, incomprès, menyspreat, decebut, torna a ensenyar dibuix i pintura, col·labora en diverses publicacions periòdiques marginals i dirigeix, amb un sou irrisori, les revistes satíriques *L'Esquella de la Torratxa* i *La Campana de Gràcia.* Pel que fa a la creació literària, durant aquests anys es limita a escriure narracions breus que agrupa en diversos reculls: *La lloca de la vídua* (1915), *L'oca de la molinera* (1917), *El meu amic Pellini i altres bèsties* (1923)... També conrea, amb poc èxit, el teatre: *Enyorada solitud* (1917), *Les ales d'Ernestina* (1921), *La dona neta* (1924)...

Prudenci Bertrana, en una caricatura de Jaume Passarell (1924).

El retorn a la novel·la

Bertrana torna a la novel·la un cop passat el predomini noucentista. La llei pendular que regeix el ball dels moviments estètics i literaris fa que, a la dècada de 1920, noves veus, com les de Josep Maria de Sagarra i Josep Pla, reivindiquin, enfront de l'artificiositat i l'idealisme característics del Noucentisme, el conreu d'una prosa natural i entenedora, prenent com a tema la realitat. L'autor de *Josafat,* esperonat per aquests canvis, torna a la novel·la i l'any 1925 publica *Jo! Memòries d'un metge filòsof,* en la qual fa un retrat psicològic d'un individu pintoresc i estrafolari que simbolitza l'intel·lectual modernista, caracteritzat per l'individualisme, l'esperit polemitzador i una certa tendència a l'anarquia.

Bertrana, durant els últims anys de la seva vida, escriu la trilogia *Entre la terra i els núvols,* que té com a base argumental la seva pròpia biografia: *L'hereu* (premi Crexells 1931), *El vagabund* (1933) i *L'impenitent* (publicada pòstumament el 1948). Cap d'aquestes novel·les, tanmateix, no iguala la força expressiva, la riquesa simbòlica ni la perfecció estructural de la seva primera obra: *Josafat.*

Prudenci Bertrana morí a Barcelona l'any 1941, oblidat de tothom. La posteritat, com en tants altres casos, li ha donat allò que el seu temps li negà tan tenaçment: el reconeixement com un dels millors narradors de la literatura catalana moderna.

Criteris d'aquesta edició

Reproduïm l'edició de *Josafat* de les *Obres Completes* (Ed. Selecta, Barcelona, 1965), amb la incorporació d'algunes esmenes extretes de l'edició d'Enric Sullà (Ed. 62, Barcelona, 1972).

JOSAFAT

I

Al campanar de Santa Maria* s'entra[5] per la capella[6] baptismal. Allí la mística[1] penombra del temple gòtic esdevé tenebrosa[3]. En el frontis,[2] del quadre on sant Joan Baptista tira aigua amb una petxina sobre la noble testa de Jesús, no se'n distingeix més que la taca informe de les carns blanques.

La gran pila, amb la seva tapa clavetejada,[3] els seus baixos relleus[4] primorosos i el seu contingut elegant, desapareix en l'ombra espessa, impregnada de l'especial efluvi[5] que només es desprèn de l'aigua beneita.

A l'angle de la capella hi ha una porta que obriren a cops d'escarpra quan, edificat el campanar, alguns segles després que l'església, hi hagué necessitat de comunicació interior.

Fa angoixa endinsar-se per aquell forat rectangular, fet a l'esbiaixada,[6] sense cap relleu arquitectònic que l'indiqui ni volta que esvaeixi[7] la idea d'enderrocament que suggereix en les juntures dels carreus.[8] Talment apar[9]

[1] Propensa a la pregària i a l'elevació espiritual

[2] Paret frontal.

[3] Adornada amb claus.

[4] Figures escultòriques que sobresurten d'un pla.

[5] Olor, emanació subtil i invisible.

[6] *loc.* Obliquament. [10]

[7] Dissipi.

[8] Pedres grosses i tallades.

[9] *arc.* Sembla. [19]

* El model real del temple on Bertrana situa l'acció de la novel·la és la catedral de Girona, encara que s'hi refereixi sempre com a església i no esmenti enlloc el nom de la ciutat. Aquest marc imponent i sagrat exerceix una influència decisiva sobre els personatges i els fets de la novel·la.

que el mur peni,[10] i, en traspassar-lo, fredor de pedra esgarrifa el visitant, que s'encogeix, aclaparat[11] per la pesantor que endevina a sobre seu en l'enorme massa, que sembla[19] cruixir i esmicolar-se a l'empenta immensa de l'atrevida nau.

Al fons d'aquest passadís és en va que els ulls s'esforcin; no hi val el[12] tenir-los acostumats a la fosca; res no s'albira;[13] sols una ratlla lívida de claror filtrada indica el junt d'una porta: una porta feixuga i tosca,[3] que ofereix una gran resistència a l'empènyer commòs[14] de les mans inhàbils que intenten obrir-la. Un cop oberta, s'entra en un espai estret i llarg, de forma trapezoïdal, estrany i misteriós.[3] Una llum de celístia[15] trista i somorta davalla per un finestral cegat fins a dalt, on vidres polsosos, de colors, tapen una esquifida finestreta.

Sobre l'altíssima obertura arrenca la mitja volta,[6] negra i fumada. Gruixuts llibants[16] de cànem la travessen, i llur vertical paral·lelisme sembla enlairar més i més el sostre d'una manera inquietadora. Grossos claus de ganxo clavats en els junts dels carreus sostenen les cordes enrotllades, perquè no entrebanquin. En un racó, la caixa de l'escala, on l'hèlix[17] de massissos graons de pedra munta fins al cim del campanar, forada també la volta. Apar una torre dins una altra torre, cilindre de tenebres[19] que, amb les seves finestres espitllerades[18] i repartides en la llisa paret i amb la seva porta de golfos[19] poderosos barrada sempre amb forrellat,[20] sembla guardar un secret espantable.

Cap vibració ni cap murmuri de vida no traspassa les aclaparadores

[10] Sofreixi.

[11] Vivament impressionat.

[12] *cast.* De.

[13] S'entreveu.

[14] Commogut.

[15] Claror dels estels. *fig.* Claror tènue.[25]

[16] Cordes gruixudes.

[17] Hèlice.

[18] Llargues i estretes.

[19] Mena de suports del batent d'una porta.

[20] Barreta de ferro que tanca una porta.

muralles; regna allí un gran silenci, com el que deu regnar en els espais siderals:[19] un silenci que esporugueix, i que, a la vegada, admira.

Els mobles d'aquesta estada també participen d'una tràgica quietud; com vells paralítics resignats,[19] romanen[21] en llur lloc amb una actitud enguerxida[22] de cosa inútil. Són humils i escassos. Un senzill trespeus de ferro aguanta fins a certa altura un braseràs[8] d'aram. En la cendra, mig colgat, hi ha el gresol[23] de l'encenser[24] i dos o tres ganxos per a treure'l i posar-lo carregat de brases. A prop, un escambell, que és el setial[25] del campaner, i aprés,[7] més enllà, arrambat a la paret, es veu un armari de fusta, pintat a terra-sombra,* amb un pany desballestat[26] i la cornisa rosegada pels corcs. Sobre d'ella, una llumeneta i uns quants objectes informes i polsosos fan companyia a un gros setrill de llauna, de bec corbat i nansa un xic abonyegada pels cops rebuts.

Un banc d'església, d'ample respatller i caixa espaiosa, toca per un extrem a uns graons, que serveixen per a llançar-se i prendre embranzida[27] per vogar les campanes. Enfront, un soc[28] quadrejat de roure serveix per a la mateixa cosa. En el mur, dins uns cordills posats en creu, que travessen una tauleta de caires fistonats,[29] es veu la *gallofa*: mena de calendari que indica les cerimònies religioses de cada dia. En el mateix clau que aguanta la *gallofa* pengen uns rosaris plens de verdet, i, no gaire lluny dels rosaris, un altre clau sosté un plomer estarru-

[21] Resten, estan.

[22] Guerxa, torçada, deformada.

[23] Vas petit de material refractari.

[24] On es crema l'encens (resina aromàtica usada en certs actes de culte).

[25] Seient.

[26] Mig desfet, desmuntat.

[27] Impuls.

[28] Tronc.

[29] Amb vores ornades amb fullatge.

* Terra d'ombra, varietat d'ocre fosc.

fat i amb poques plomes, sens dubte estris a càrrec del campaner, tots ells abandonats.*

Tant a la porta de l'escala com a la que dóna a l'església, rumbegen[30] creus de palma, potes d'esparver,** uns goigs[31] i un indicador de les quaranta hores.***

Tal és el decorat d'aquella estranya cel·la, plena de mortal tristesa i abandonament, on cap infant no gosaria saltironar ni molt menys hi sabria riure.

Per allí trafiqueja[32] un home jovenàs,[8] alt, encorbat, de crani punxegut, nas d'aligot, boca contreta, pèl aspre i ulls blavosos, esquitxats de volves[33] més fosques, que els donen aparences[19] i fredors de marbre jaspiat.[34] Sol estar arraulit prop del braser o bé ajagut damunt del seu banc, que bruny[35] amb el fregadís del seu cos rosegat de mandra, estremit de misteri, malalt de soledat, silenci i penombra.[6] El seu vestit de vellut és tan semblant de color amb la muralla, que no és pas fàcil de distingir-lo a primera vista; el visitant que entra allí l'endevina per un gruny feréstec i agressiu,

30 Hi ha en abundància.

31 Impresos amb cants de lloança a un sant.

32 *col. dial.* Trafequeja, feineja activament.

33 Punts, pics.

34 Amb vetes i pics de colors variats.

35 Abrillanta.

* Les descripcions, en aquest primer capítol, són molt minucioses i extenses. En aquest sentit, la novel·la recorda els corrents realistes i naturalistes del segle XIX, que donaven una especial importància a la reproducció detallada d'un espai determinat.

** Les creus de palma, així com els goigs i l'indicador de les hores, són elements relacionats amb la religió. Les creus de palma, concretament, servien per foragitar el diable, les bruixes i els mals esperits dels llocs on eren clavades. Les potes d'esparver, en canvi, no semblen tenir aquesta funció, sinó que més aviat suggereixen el contrari, és a dir, elements relacionats amb la bruixeria o algun ritual pagà. Potser amb aquesta oposició Bertrana vol simbolitzar la dualitat del campaner, el Bé i el Mal que cohabiten en el seu esperit.

*** Funció litúrgica en què, durant tres dies, s'exposava el Santíssim Sagrament a adoració dels fidels que hi acudien per torns.

que llança des del seu escambell, on, amb la faç entre les mans, sembla rumiar constantment. Tot ell, àdhuc[36] la humil pàtina[37] que unifica la tonalitat de les coses en els ombrívols sojorns[38] on flaira l'encens i els llavis xiuxiuegen. Els objectes que té a l'entorn són tots coberts d'una capa de tartrà;[39] secreció de les seves manasses, que s'estén fins als caires dels retaules i als daurats de les estoles[40]. I ell estima tot el que toca amb un amor gelós que el fa insociable. No ha volgut mai ajudant. Branda[41] sol la *Maria,** quan sempre havien estat dos per brandarla, i ell sol dorm en una cambra situada a l'altra part de l'església, tan isolada, tan tètrica, tan veïna a galeries, escales i buidors atapeïdes[42] d'enigmàtiques[3] tenebres, que s'hi desvetllarien els més coratjosos.

Aquest home es deia[5] Josafat. Era un pagès vingut del cor de les Guilleries.** De grandassàs[43] sentí vocació de consagrar-se a Déu, i, decidit, sense consultar-s'ho a ningú, un matí fugí de casa seva i es presentà al seminari,[44] sense recordar-se que no sabia de lletra. Tanta era la seva ingenuïtat que el féu cèlebre: mestres i deixebles explicaven la seva història i amb ell es divertien. Però Josafat era tossut i tenia mal geni; volgué aprendre de lletra i féu mala cara a tots els qui se'n reien.

Mentrestant, com que del poble no havia dut més que un farcell[45] de roba, el flabiol[46] de pastor i una vareta

[36] Fins i tot.

[37] To que agafen els objectes amb el temps.

[38] Estatges, habitacions.

[39] Crosta cristal·lina rogenca que diposita el most a les parets i al fons de les botes, els cups...

[40] Ornaments litúrgics consistents en una llarga banda de tela estreta.

[41] Toca.

[42] Plenes.

[43] Quan ja era gran.[8]

[44] Institut eclesiàstic on s'estudia per a capellà.

[45] Paquet, fardell.

[46] Flauta rústica.

* Les campanes sempre tenen noms femenins. La de la catedral gironina s'anomena, en realitat, *Beneta*.

** Massís muntanyós travessat pel Ter, entre les comarques d'Osona i la Selva.

de freixe,[47] visqué de miracle. Feia variades i petites feines: enganxava anuncis religiosos a les esglésies; passava rebuts de societats catòliques, targetes de convit de funerals i enterraments, de sermons i novenes; servia conscienciosament els capellans, els quals l'ajudaven tant com podien, admirats d'aquella fervorosa constància.

Josafat un dia tingué prou clarividència per a comprendre que ell, de sacerdot, no en seria mai, i, ja que no podia dir missa, aprengué a ajudar-la. Fou tan humil, tan servicial i tan gelós[48] del respecte de Déu i de l'Església, que s'atragué la benvolença de tots els qui el tractaven. Els cercles compostos de clergues[49] vells el tenien en gran estima, i els de joves li donaven conversa, i, bromejant, li trucaven[50] afectuosament l'esquena.

Josafat no sabia com correspondre a semblants mostres d'estimació.

Josafat era un brau,[20] cap vici no havia debilitat la seva naturalesa; tenia deu pams d'alçària, unes mans grosses i unes espatlles atapeïdes d'energia salvatge. Posà això, que era l'única cosa que tenia, al servei dels seus protectors, els quals saberen agrair-ho i celebrar-ho. Oh![12] En el present segle,* tan abundós en mofes anticlericals, Josafat era un joiell. Els seus fets eren contats amb rialles de satisfacció. Es ponderava[51] la seva força i les seves victòries. Però un dia en féu massa. Acompanyava *Nostramo*[52] amb la testa acotada,[53] com de costum; brandava amb una mà la campaneta i amb l'al-

47 Arbre de fusta blanca.

48 *col.* Zelós, defensor ardent d'una causa.

49 Capellans.

50 *col.* Donar cops, instar.

51 S'elogiava.

52 L'eucaristia per a un malalt, el viàtic.

53 El cap baix.

* Hem de situar els fets narrats, doncs, entre 1900 i l'any de la publicació de la novel·la, 1906.

tra sostenia la llanterna; la gent es prosternava en passar, i aquell acatament l'enorgullia com si pròpiament hagués estat dirigit a la seva persona.

Sols un viandant, amb brusa[54] blava féu el seu camí sense tan sols llevar-se la boina que portava. Josafat el mirà. Josafat tenia un mirar tràgic, i, en enfadar-se, un tic nerviós li esqueixava la boca. Repetint la ganyota espaordidora,[55] es dirigí a l'home irreverent, signant-li[56] la boina amb gest imperiós. L'home irreverent no s'immutà, i amb veu tranquil·la i parla forastera digué que ell no descobria el seu cap més que pel seu capitost[57] i per la imatge sacrosanta de la República,* i refusà senzillament Josafat, que allargava el braç per arrabassar-li[58] la boina. Fou horrible. L'home, empès contra una porta, es defensà un breu instant, però de sobte s'oí el dring ofegat de la campaneta, i un doll[59] de sang brollà de la testa esberlada[60] del foraster. Josafat, mossegant l'espai, caigué junt amb el vençut, i sobre d'ell, roent[61] de follia,[62] seguí pataquejant-li la nafra[63] amb precisió d'hàbil llenyater. Ah,[12] púrria descreguda, gitada[64] indesitjable de l'infern!

Aquest fet intranquil·litzà els seus protectors; bo era que fes sortir del temple els galantejadors de devotes; bo era que, en les manifestacions religioses, allunyés els mofetes atrevits, solament amb el seu tètric esguard;[65] bo era[21] que obligués a descobrir-se els descarats; però el rabeig,[66] la feresa, la

54 Peça de vestir exterior usada per a treballar.

55 Que fa por.

56 Assenyalant-li.

57 Cap de partit.

58 Treure-li.

59 Raig.

60 Esquerdada, oberta.

61 Ardent.

62 Bogeria.

63 Ferida.

64 Vòmit. [9]

65 Mirada.

66 Complaença.

* Es tracta d'un republicà que no és de la ciutat. La *parla forastera* podria ser la llengua castellana o la francesa —o bé un dialecte del català.

mala entranya que havia demostrat, si bé eren disculpables en un home com ell, per la força de la fe que revelaven, podien ocasionar un conflicte: raons[67] amb la justícia, escàndols, que sempre són aprofitables per als periòdics avançats.

Cregueren prudent d'arrecerar-lo i sol·licitaren per a ell el nomenament de campaner. L'ocasió no podia ésser més bona. Dels dos campaners que hi havia a l'església de Santa Maria, l'un s'havia tornat maniàtic: inventava tocs nous, amb els quals volia expressar el geni del sant que es celebrava, el color de la casulla[68] que havia de posar-se el sacerdot, i altres coses mai no imaginades. El seu company hagué de fer valer la seva antiguitat, i el reformador renuncià el seu càrrec, tocat del seu amor propi i convençut que l'enveja persegueix sempre els artistes genials. Josafat ocupà el lloc del dimitent.

Trobà en el campanar un vellet[8] suau i bondadós, que l'ensinistrà[69] en el maneig de les campanes, li ensenyà a fer hòsties i el posà al corrent de totes les obligacions del seu càrrec. Els anys inutilitzaren ben aviat el pobre vell, i Josafat s'acostumà a fer la feina sol. Després el jaio[70] morí, i el nou campaner, aspre i sorrut,[71] s'estimà més viure isolat i treballar doble que no pas compartir amb un altre el domini d'aquells llocs, que tan harmonitzaven amb el seu esperit ombrívol. Com que Josafat valia per dos, i això representava una economia, ningú no hi posà dificultats de cap mena, i en Josafat quedà sol enmig de tanta soledat i penombra.[6]

Des de llavors Josafat visqué allí com una fera[20] engabiada;[72] sortia del

67 Problemes, disputes.

68 Vestiment del sacerdot que celebra la missa.

69 Instruí.

70 Vellet.

71 Esquerp, taciturn.

72 Presonera.

campanar tan poc com podia. Els amics clergues l'anaven a veure. Li retreien[73] les seves fetes, i, rient i bromejant, l'encoratjaven.

[73] Recordaven.

Arribà a creure's que era un home necessari, perillós, destinat a fer grans coses, i que el reservaven per a una ocasió oportuna. I esperava sense impaciència, segur que a l'avenir[74] podria pagar les consideracions que li tenien, i servir, amb tota la seva bona voluntat i amb el que més podia, el seu Déu i aquells admirables protectors que l'havien posat de campaner, i que seguien afalagant-lo[75] com si fos un nin[7] rebec[76] i temible.

[74] El futur.

[75] Tractant-lo bé.

[76] Tossut.

Josafat no solament tocava les campanes, sinó que guarnia i endreçava[77] l'església; i, a poc a poc, a còpia de pegar cops d'espolsadors a les imatges, anà perdent-los el respecte. Conservà però, una gran por als turments infernals i una gran veneració a les severes i majestuoses barbes del Pare Etern.

[77] Arreglava, netejava.

Sobretot l'inquietava l'esbrinadora fixesa d'aquell ull divinal que, dins un triangle resplendent, havia vist, de petit, en alguna estampeta.*

Dues passions tan sols li donaven molèsties: la ira i la luxúria.[6] De la ira havia trobat manera de servir-se'n a major honra i glòria del Senyor; quant a la luxúria, el destorbava. Per no turmentar la consciència ni contrariar els instints, emprenia llargues i pregones meditacions sobre el sisè manament:** en el món hi havia una

* L'ull dins el triangle simbolitza Déu. Josafat, que significa «Déu jutja», vivia temorós de la mirada i el judici divins.

** El sisè manament fa referència al sexe: «No consentiràs pensaments ni desitjos impurs».

mena de dones amb les quals es podia pecar sense atraure la ira del cel; eren dones perdudes, que carregaven elles soles amb el pecat i el càstig, objecte de lícit esbarjo de la continència,[78] i amb les quals, si no es glorificava el Senyor, tampoc no se l'ofenia gran cosa. El plaer podia comprar-se no gaire lluny,* allà sota, ran del campanar, en unes cases pobres, de teulades rònegues.[79] I a l'estiu sobretot, quan, a les migdiades, la virilitat del campaner clamava pels seus furs[11] i privilegis, anava a ajaçar-se[80] a la finestra de la seva cambra, mena de tatxa[81] que foradava el mur, des d'on sotjava[82] hores i més hores. Abocat sobre l'abís;[83] de vegades aconseguia de veure en el fons, a gran distància, una figureta minúscula, lleugera de roba, que apareixia un moment en algun terrat o traspassava una golfa. En ocasions, dins el marc d'una estreta finestra, darrera unes cortines virolades,[84] albirava uns braços nus, una cabellera deixada anar o un confús remolí de roba blanca que l'incitava i l'omplia de curiositat voluptuosa.

En certes nits també hi anava, al seu observatori; i les cambres sospitoses s'enllumenaven, i ombres incertes es movien darrera les cortines caigudes, i d'aquell mercat de lascívia muntaven fins a ell càntics i gatzara,[85] notes rogalloses de piano de maneta, barrejades amb xiscles de bacant.[86] I aleshores li pesava la seva virtut. Després, en somnis, se li apareixia una visió de la seva jovenesa: una jove pasto-

[78] Abstinència sexual.

[79] En mal estat.

[80] Ajeure's.

[81] Forat estret.

[82] Estava a l'aguait, observava.

[83] Abisme.

[84] De colors variats i vius.

[85] Cridòria alegre.

[86] Dona lliurada als excessos del vi i del sexe.[20]

* Com en el cas de Girona, els prostíbuls es troben al peu del temple.

Vista aèria del nucli antic de Girona.

ra, ajaçada a l'herba, que, jugant amb un gos d'atura, li mostrà la seva carn blanca i cobejosa.[87] I la pastora havia vingut del seu poble; la tenia amagada a les laberíntiques tenebres dels seus dominis; la cercava, amb tremolor impacient, per galeries i soterranis,[6] pels racons plens de runes i mals endreços;[88] per les escales infinites, i quan la veia, quan ella, obrint-li els braços, se li oferia impúdica,[4] una processó inacabable de capellans, vestits de pontifical* i presidits pel senyor bisbe, s'interposava entre ells. El senyor bisbe, pegant-li amb el seu bàcul,[89] el foragitava del temple, i els altres li cridaven hipòcrita i traïdor, impur i mal home, i l'escopien, mentre a fora una gran gentada l'esperava per esquarterar-lo;[90] tot cantant *La Marsellesa.***

—Oh, no! Mai![12] L'escàndol, el menyspreu dels bons sacerdots, la severitat del rector, la seva vida plàcida interrompuda, el pa incert, no, això mai! Tot perdut pel bes impur d'una donota.[8] Així pensava en despertar de les seves temptacions. Amb tot, hi havia dies que rumiava seriosament la manera de acabar amb aquella vida de castedat que tant el feia sofrir. Tenia dos camins. L'un era vèncer la seva avarícia de pagès, els seus temors d'adolescent, i trucar a les portes del vici i saciar-se de voluptuositat; l'altre era prendre muller, casar-se com la llei de Déu mana. I del lluny del lluny[10] del

87 Desitjable.

88 Objectes vells i inútils.

89 Crossa, símbol d'autoritat del bisbe.

90 Tallar-lo a peces.

* Conjunt d'ornaments que serveixen al bisbe per a la celebració dels oficis divins.

** Cançó revolucionària que esdevingué himne nacional francès. Aquí pren connotacions progressistes i anticlericals.

seu passat li venien enyorances del terrer nadiu.[91] Sorgia una altra vegada la pastora del somni, i l'excitava amb les contorsions del seu cos vital, tot gambant[92] pels prats amb les galtes enceses d'impuresa i cridant-lo amb l'esguard deshonest[4] cintre les solituds de les muntanyes. Josafat sentia recances, es penedia de no haver collit aquell capoll[93] de dona, i dins les seves orelles la rialla burleta de la mossa menyspreada retrunyia amb infernal espinguet;[94] avergonyint-lo encara. Si ara fos![11]

L'ànima rústega de Josafat es poetitzava amb el desig d'amar.[7] Tragué el seu flabiol i, assegut en el seu mirador, amb les cames penjant sobre el precipici, recordà tonades que havia après a la seva terra. I sota les teulades vibrants de sol, en l'ensopiment de la migdiada, les dones impures, plenes de mandra, lasses[95] de llurs nits d'orgia, escoltaven el refilar groller d'un flabiol que imitava l'enjogassament[96] d'una camperola.

Josafat tenia llevat[97] de faune en la seva naturalesa; com el déu Pan,[20] enamorat d'una nimfa[98] esvaïda, tocava melangiosament la flauta.[24]*

91 Lloc natal.

92 Corrent i saltant.

93 Flor abans d'obrir-se; donzella.

94 Crit agut.

95 Cansades.

96 Moviments juganers.

97 *loc.* S'hi assemblava.[10]

98 Divinitat femenina de l'antiguitat que vivia en rius, prats...

* Pan, en la mitologia grega, és déu de les muntanyes i de la vida agresta, amant de la música i patró del repòs de la migdiada. És representat com un faune, *figura mitològica* amb cos d'home i banyes i potes de cabra.

COMENTARI 1 (CAPÍTOL I)

1. Temàticament, aquest capítol té dues parts ben clares. Expliqueu quines són i en què es diferencien.

2. ¿D'on prové l'atmosfera de misteri i foscor que desprèn aquest capítol? Mitjançant quins mecanismes estilístics s'aconsegueix?

3. Enumereu deu adjectius (no cal que siguin al text) que caracteritzin Josafat, tant físicament com psicològicament. Mireu de no deixar-vos cap aspecte important.

4. Quin sentit tenen les anècdotes del republicà irreverent i de la pastora provocativa?

5. Es planteja ja algun conflicte en aquest primer capítol? En quins termes?

6. Busqueu exemples de narració (successió de fets), descripció (reproducció d'ambients i objectes) i introspecció (anàlisi psicològica). Quin d'aquests procediments predomina en el capítol? Per què?

7. Bertrana contrapunta el to greu de la narració amb algunes breus anècdotes humorístiques. Us hi heu fixat? Quines són?

8. Bertrana descriu Josafat tan minuciosament que el lector pot arribar a fer-se'n una imatge força precisa. Podríeu dibuixar-ne el retrat —o la caricatura?

9. Quins són els temps verbals predominants? Hi observeu alguna aparent incongruència? Com us ho expliqueu?

10. Interpreteu, amb l'ajut de bibliografia adequada (enciclopèdies, diccionaris de mites clàssics), el mite de Pan. ¿Trobeu més semblances entre Pan i Josafat?

II

Un dia el campaner tingué una bella sorpresa; acompanyat d'un escolanet[8] se li presentà un home amb un goll[1] monumental, que li donà el *Déu te gord*[2] amb una esquenada atuïdora.[3]

Era un oncle de la porcairola[4] del somni; venia a ciutat per treure uns papers de la cúria;[5] i desitjava que Josafat, que tenia bones relacions amb els capellans, l'encaminés

—Malviatge Judes[10,12] Jo no m'hi entenc amb romanços[6] d'aqueixa[7] mena de llei.

Parlaren llargament.[14]

Josafat se l'emportà a la seva cambra i el convidà a beure un got de vi negre.

El campaner es cuinava ell mateix. De bon matí una majordoma[7] vella li duia de la plaça una lliura[8] i mitja de bou, que ell posava en una olla; feia sopa amb el brou,[9] i es menjava la carn a la vinagreta, després de compartir-ho per als dos àpats.[10] De vegades, a l'hivern sobretot, substituïa la carn per mongetes, i era tan grossa la bullida, que li durava per tota la setmana, sense que ell s'hagués de restringir cap menjada.

El pagès trobà aquella vida molt trista, aquella habitació massa fosca

---

[1] Tumor, inflor al coll.

[2] *dial.* Guardi.[7]

[3] Cop fort a l'esquena.

[4] *dial.* Pastora de porcs.[7, 8]

[5] Oficines eclesiàstiques.

[6] Històries.

[7] Criada d'un capellà.

[8] Unitat de pes equivalent a 400 grams.

[9] Suc, *caldo.*

[10] Dinar i sopar.

i aquells corredors i galeries massa plens de basarda.[11]

—Sembla que no podeu pensar en res de bo ací[7] dintre.

I el goll li trontollà[12] d'esgarrifança.

Un cop hagué, l'oncle de la porcairola, enraonat amb mossèn Lluís, capellanet[8] entès que Josafat li féu conèixer, volgué tornar-se'n. Allò de la cúria aniria llarg: calia regirar molts papers per a trobar l'expedient d'una obra pia,[13] amb les poques notícies que havia pogut donar l'home del goll.

—Vaja, salut; conserveu-vos-hi bo;[11] no cal molestar-vos per a res: ja vindrà la meva neboda de tant en tant per saber alguna cosa, si hi ha de nou:[10]

—La Pepona!

—Llampus![14] Potser sí que no sabeu que la Pepona serveix aquí. Fa més de quatre anys. ¿De bona refè[10] que no ho sabíeu? Sí, home, sí. Us ho podeu ben creure: serveix ací.

Va explicar-se.[14] Pepona era massa deseixida[15] per a viure guardant porcells. Serví en un hospital; després se n'anà a vila, i ara estava a casa d'una senyorassa, servint, que la tractava com a una vertadera amiga.

—Llamp me mati,[11] Josafat, us juro que se la campa;[16] s'és trasmudada tota.[17] Ja la veureu. Quan tingueu els papers, doneu-los-hi, que ella s'encarregarà d'enviar-me'ls... Vaja, ja estem entesos; que Déu vos gord; fins a un altre dia, que em penso que serà tard.

Així parlà el bon pagès, i, ensopegant per la capella baptismal, eixí[18] a l'església, mullà els dits amb aigua beneita i partí. Josafat restà alegre. L'ale-

[11] Sensació desagradable, por.

[12] Vibrà bruscament, com sacsejat.

[13] *loc.* Institució de beneficència.[10]

[14] *dial.* Llamps.[7]

[15] Espavilada.

[16] *col.* Viu bé.[11]

[17] *col.* Ha canviat molt.[7]

[18] *arc.* Sortí.

gria del campaner no era més que una llunyana esperança de tornar a veure la carn blanca de la Pepona.

Fins al vespre tral·larejà[19] els goigs de santa Magdalena, i bells ensomnis enjoiaren[20] el seu cor feixuc, abrandat[21] ara per una franca felicitat.

[19] Cantussejà.

[20] Ompliren de joia, alegria.

[21] Inflamat.

III

Passaren dies. Una tarda Josafat mig dormia en el seu banc. El silenci era pregon. La fosca[1] s'ensenyoria de la gran nau deserta; les llànties[2] brillaven en les capelles, com místiques lluernes[3] d'aquella nit anticipada. Dins el campanar regnava el crepuscle.[14] Una remor de petjades que venia de la capella baptismal deixondí[4] el campaner. Josafat fità[5] els ulls a la ratlla negra de la porta ajustada i escoltà atentament.[16]

El refrec d'uns peus que palpen, temorosos de trobar un obstacle, continuava barrejat amb un xiuxiuejar inintel·ligible a l'orella de Josafat.

Solien molestar sovint Josafat curiosos que demanaven permís per visitar els seus dominis; l'home amaní[6] per endavant una cara ferrenya.

En això un sotrac[7] en un banc de la capella emplenà de ressò tota l'església, i esclataren femenines rialles.

Al campaner, se li esbiaixà la boca, i, aixecant-se d'una revolada, anà a renyar les dones que interrompien, irrespectuosament, el silenci de la casa de Déu. En el mateix instant els golfos grinyolaren[8] i la porta s'obrí el just per deixar passar un caparró[8] de noia somrient i encuriosida. Mai en

---

[1] Foscor.

[2] Llums d'oli amb metxa.

[3] Cuques de llum (insectes).

[4] Despertà.

[5] Fixà.

[6] Preparà.

[7] Cop.

[8] Feren un soroll agut.

aquell lloc no havien resplendit unes faccions tan reblertes[9] de mundanal picardia, ni mai el tètric ambient s'havia amarat[10] d'una flaire tan contorbadora com la que enviava el cos de la intrusa, amagat darrera el fustam de la feixuga porta.

El campaner tingué un bell pressentiment. Acotà més la testa. A pesar seu el jaspi[11] dels seus ulls fosforejava de cobdícia,[12] com un infant[20] que albira la seva joguina preferida.

El rostre expressiu de la mossa es cobrí de certa alegria mofeta; allargà un xic el coll com per esbrinar el lloc, i fità a Josafat la seva mirada. Josafat es contorbà; per tota la seva còrpora[13] corregué un frisament[14] ardorós, i tingué por d'aquella testa que se li apareixia i li interrompia la seva vida monòtona, la calma grisa[22] del seu sojorn.

Molt havia d'haver canviat la Pepona perquè fos ella la qui venia a temptar-lo. Pensà en les tribulacions de sant Antoni,* i per a deslliurar-se del pecat cregué que li era lícit d'encloure[15] entre la porta i l'aresta del mur la gorja[16] flexible i excitant[4] que s'allargava vers ell, com la d'una serp[20] enviada pel dimoni.**

—Oidà,[17] Josafat, sóc jo: ¿que no em coneixes? No te'n recordes, de mi?

El campaner, amb vergonya d'infant i posat estúpid, la resseguí amb els ulls plens de pagesívola desconfiança.

9 Plenes.

10 Impregnat.

11 Varietat del quars, opaca, de vetes i pics de colors variats.

12 Desig.

13 Cos.

14 Inquietud, esgarrifança.

15 Agafar, aixafar.

16 Coll, gola.

17 *dial.* Exclamació d'alegria.[7]

* Sant Antoni (250-356), anacoreta del desert, conegut per la seva tenacitat a resistir les múltiples temptacions del diable, que se li apareixia de mil maneres. Josafat, aquí, pensa per un moment que el cap de Pepona és una aparició diabòlica, i sent l'impuls d'esclafar-lo amb la porta com si fos el cap d'una serp.

** Josafat experimenta impulsos molt primaris, sovint agressius.

—Jo pla[18] t'hauria coneguda![12] Estàs molt trasmudada!

I enretirà les grosses mans, que, enrampades[19] de fanatisme, promptes a causar dany, tenia en el caire de la porta.

Pepona entrà resolta i decidida, sense haver esment[20] del perill que corria en ficar-se en els tètrics[3] dominis de Josafat.

Era una dona d'aspecte sanitós, madura i esplèndida; la seva carn, un xic masegada[21] per contínues carícies, trontollava sota el vestit, a través de la roba del qual passava una transpiració tèbia i flairosa. Per la gorja i els punys s'endevinava la blancor de la seva pell, mentre una lleugera i antiga pàtina de sol li emmorenia les mans i cara. La seva boca grossa, mig oberta per un somriure burlesc, ensenyava les dents, admirables de netedat i simetria; dents que feien pensar en gelositats amoroses, en besades cruels i en pruïges[22] satàniques. Era perillosa, enfollia el cor i emboirava[23] el pensament amb carnals embriagueses.

No venia pas sola. Fent contrast amb ella havia entrat una joveneta de poca estatura, ciutadana, feble,[24] malaltissa.

A la seva faç empolvorada semblava dur, estergides[25] un munt d'històries de llibertinatge; els seus llavis petits, desperfilats[26] per innombrables besades, aixafats per la continuada impressió d'altres llavis sedents i lúbrics,[27] es contreien amb expressió lassa; i el seu nasset delicat i elàstic, de badius[28] impetuosos, semblava rastrejar de continu sentors[29] de luxúria.

Quan caminava, els seus costats onejaven, talment desllorigats del seu

18 *dial.* Jo sí que...[7]

19 Rígides, crispades.

20 Adonar-se, tenir coneixement.

21 Gastada, macada.

22 Afanys, anhels.

23 Enterbolia, ofuscava.

24 Dèbil.

25 Marcades, dibuixades.

26 Deformats.

27 Lascius, encesos de desig.

28 Forats del nas.

29 Olors.

cosset aplanat i flonjo, que es vinclava[30] enrera tot projectant les exuberàncies de la seva sina, impròpies de la seva magresa.[31]

Els seus moviments i els seus posats eren excitants;[4] fins dreta i posada tenia una actitud impúdica;[4] semblava oferir-se amb un esgarrifós cinisme. Les celles, sota les quals brillava el foc verdós[22] de les nines[32] descarades, s'ajuntaven sovint amb un gest repulsiu d'immensa tossuderia. Una terrible cabellera rossa, crespa[33] i onejant com les flames d'una foguera,[20] moria a la seva nuca, on passaven a cada instant esgarrifances magnètiques. Espantava mirar-la; xuclava l'esguard com un abisme de deshonestedat;[20] a les seves entrayes, hi devia haver desconegudes estridències, un tresor d'aberracions[6] delirants.

Des que havia entrat no perdia de vista el campaner. Semblava admirar la seva corpulència, analitzar la sang que li acoloria el rostre, estudiar la febrositat dels seus moviments inharmònics i l'encongiment que el dominava.[15] Una sospita abrusava[34] el seu cor de bagassa[35] ple de monstruosa lascívia.

Josafat, tot revenint-se[36] lentament, movia els llavis com si volgués enraonar, i, després de molts esforços repetia:

—Fóscara![37] Jo pla[7] t'hauria coneguda si t'hagués trobada algun cop!

Vingué un gran silenci. Mentrestant, les mosses, encuriosides, anaven fent-se càrrec d'aquella estranya cel·la. Miraven la volta, els llibants, la *gallofa*, les potes d'esparver resseques i les creus de palma, i demostraven estranyesa, atordiment i desconfiança.

30 Es torcia.

31 Flaquesa.

32 Pupil·les.

33 Arrissada.

34 Encenia.

35 Prostituta.

36 Recuperant-se.

37 *dial.* Òndia![7]

Josafat preguntà amb timidesa:

—On vius, Pepona? Com te la campes? Esteu juntes?

Les dues noies creuaren llur esguard joiós de picardia i esclafiren[38] el riure.

—Per ara serveixo, Josafat; serveixo...[13] a estones, saps? Estic molt bé; dormo força i menjo més... Aquesta senyora, Josafat, és la senyora, Josafat, es la...[13] senyora Fineta,[3] i s'avorreix perquè el seu marit no li pega.*

I Pepona llançà, a plens pulmons,[10] una rialla grassa, escandalosa, que féu sacsejar el seu pit, ample i superb. Josafat s'esverà,[39] i atabalat, inquiet, corregué[5] a la porta de la capella i mirà a l'església; temia l'aparició d'algú que l'atrapés amb tan poc honrosa companyia.

—Tens feina, Josafat? Nosaltres venim per allò de l'oncle, i de passada aquesta desitjava pujar al campanar. ¿Oi, Josafat, que ens l'ensenyaràs, el campanar? ¿Te recorda quan fugies de mi serres enllà? Sembla que no ets gaire més valent, ara.

Fineta es plantà al costat de la seva companya i, tot passant-li un braç per la cintura, pregà també al campaner, mentre alzinava[40] el seu pit, torçava la testa i l'embolcallava[41] amb una ullada somorta i defallida.

Josafat fugí d'aquella seducció, i amb un moviment esquiu i feréstec, passà el forrellat de la porta de la capella baptismal.

La llum era escassa; el sol, a fora, devia pondre's, i les dues mosses, que

38 Començaren.

39 S'espantà.

40 Alçava.

41 L'envoltava.

* Les dues noies, l'ofici de les quals queda prou clar per al lector, parlen amb una ironia que Josafat no arriba a captar.

esperaven en va la resposta de Josafat, perderen les ganes de bromejar, sorpreses per l'aplanador[42] aspecte que anava prenent aquell interior. Una sobtada desconfiança les tornà entenimentades.[43] Esbrinaren detingudament aquell paratge tan solitari.

En la buidor del finestral, on tremolava, agònica, la crepuscular celístia, veieren l'amplària[44] del mur isolador i terrible;[3] s'adonaren del negre enigma que traspuava[45] per les espitllerades obertures de l'enorme cilindre que tancava l'escala; descobriren,[15] penjats a l'ennegrida volta, els contrapesos del rellotge, feixugues pedres arrodonides i foradades, sostingudes per una corda nuada en un barrot de ferro travesser, que descendien lentament, imperceptiblement, fatals i amenaçadores.[3]

Alhora notaren en Josafat un neguit estrany; brillejaven les seves nines, i en un racó semblava encongir-se per botar[46] com una fera[20] damunt d'elles.

—Anem! —digueren totes dues a la vegada.*

Josafat encenia la llumenera[47] amb mà trèmula i insegura. Creia menys comprometedora la llum que la fosca.

—Adéu, Josafat; què li direm, a l'oncle?

—Què li direu... què... a l'oncle?...[13] Ah! Que... no-res, que no m'ha dit res mossèn Lluís.

—Està bé. Vols fer el favor d'obrir?

—El què?...

—La porta, home.

[42] Impressionant, aclaparador.

[43] Prudents.

[44] Amplada.

[45] Es filtrava.

[46] Saltar.

[47] Llum d'oli.

* Pepona i Fineta canvien d'actitud. Per primera vegada han experimentat el terror *ambiental.*

La catedral de Girona des de les ribes de l'Onyar, segons un gravat del segle XIX.

El campaner s'apropà al pany, però abans de donar el tomb[48] a la clau parà l'orella. Li semblà sentir passos, i reculà amb el dit sobre els llavis. El color de les dues amigues s'emblanquí. La flama de la llumeneta projectava ombres tètriques; les formidables parets, amb els carreus terrosos, pareixien isolar-les de tota cosa vivent; la volta no es veia, i allò semblava el fons d'un pou sense sortida, lluny dels homes, apartat de tot auxili, de tota esperança.

Josafat, amb el seu esverament, els causava l'efecte d'un boig[20] ple d'avarícia per elles que volgués guardar-les allí, empresonades per una eternitat.

—És vespre, Josafat; vols obrir?

El campaner no escoltava, i tot barbotejant[49] algun prec, avançà dues passes vers Pepona i la seva companya, que s'ajuntaren cercant mutual ajut.

—Tornareu..., no fa,[50] que tornareu? —digué Josafat, com un gegant[20] ploricó, vergonyós, amb la veu entelada per la por d'una inesperada resposta.

—Sí, tornarem; obre, no podem quedar-nos més ací; obre, Josafat.

Ho féu. Fineta, en passar a frec[51] d'ell, sentí un bleix[52] d'home enfebrat; sobre la nuca, els cabells se li cargolaren d'esgarrifança, i arran de la porta li fità per última vegada els seus ulls clars, verdosos, famolencs[53] de noves sensacions.

Josafat, alta la llumenera, veié brandar[54] els costats impurs de la bagassa, i una ira de lleó[20] que ensuma[55] la femella a través d'una reixa l'arborà.

A fora les dues amigues, després

[48] Volta.

[49] Balbucejant.

[50] *dial.* Oi que sí?[7]

[51] *loc.* Arran, molt a prop.[10]

[52] Respir pesat, agitat.

[53] Afamats.

[54] Oscil·lar.

[55] Sent l'olor.

de caminar una bella estona silencioses, volgueren saber, una de l'altra, la impressió rebuda en llur estranya visita. Parlaren.[14] La troballa de Josafat fou per a elles un motiu de divertiment. El quart i mig de foscor viscut en companyia del gegant avergonyit, l'ambient tètric del lloc i la mica de pànic que allí sentiren engrescà[56] llur ànima, acostumada a la negra monotonia del bordell.

Vivien soles amb la mestressa: una senyora enorme i malhumorada, amiga de l'ordre, que no admetia més que visites de senyors respectables, de gran serietat, que entraven i sortien silenciosos, tot amagant-se aprofitant la nit i emparant-se en la solitud i apartament del barri. Senyors que, com deia la Fineta, *enrabiaven*[57] per pansits[58] i tristos; no sabien embriagar-se ni rompre miralls, ni pegar a les dones. Ella, des que hi era, no havia rebut mai ni una sola plantofada[59]...; es moria de fàstic i d'avorriment.

—Hi tornarem, Fineta?

—Ja ho crec! Jo hauria volgut quedar-m'hi. Quin home, Josafat!

Pepona la mirà, un xic estranyada.

—Així, estem?

—Així, així.

Quin home, el campaner! Quina voluptuositat més nova prometia! Seria tan terrible el seu amor![12] Que dolçament espantable fruir-lo[60] allí dintre, en les nits llargues, somniant fantasmes, abraçada a l'homenàs[8] ple de confiança, indiferent al xisclar de les òlibes, a les buidors negres i als veïnatges sepulcrals! La nuca de Fineta s'estremia i els ulls se li cloïen[61] en amorós desmai.

—Ai, noia, que estranyes i capritxoses sou les que veniu de les ciutats

[56] Animà, excità.

[57] Exasperaven.

[58] Sense vitalitat.

[59] Bufetada.

[60] Gaudir-lo.

[61] Tancaven.

grans!* Hi ha homes que valen cent vegades més. A mi em fa por.

—A mi també, t'ho juro. Que ferm! La té tota, la fermesa![62]

—Vols dir que...?

—Sí, dona, sí; m'hi jugo la vida.**

I, al mig del carrer, les dues amigues s'ennuegaren de tant de riure.

[62] Fortitud.

* Fineta, contràriament a Josafat i Pepona, és filla d'una gran ciutat, com Barcelona.

** Al·ludeix a la potència sexual de Josafat.

COMENTARI 2 (CAPÍTOLS II I III)

1. Podríem definir el capítol II com una unitat secundària i de transició dins l'obra. És un capítol pont, que serveix sobretot per a enllaçar amb el següent. Argumenteu i amplieu aquesta afirmació i, si és el cas, rebateu-la.

2. En quina mena de llenguatge s'expressa l'oncle de la pastora?

3. ¿Quins són els tres temps verbals que s'empren més en el capítol II? Quina funció té cada un d'ells?

4. Concreteu les diferències i les similituds entre els components del triangle Josafat-Pepona-Fineta (en l'aspecte, el caràcter, el nom, la procedència...). Quins són els dos personatges més oposats?

5. Quin tipus d'atraccions i rebuigs comencen a manifestar-se entre tots tres?

6. Quan Pepona i Fineta expliquen a Josafat on treballen, parlen amb ironia. A què es dediquen en realitat? En quina part del capítol això s'explica més clarament?

7. Comenteu la descripció de Fineta. Quina funció hi tenen els adjectius i les comparacions?

8. Per què el narrador dedica més espai a descriure Fineta que Pepona, quan de fet és aquesta qui en principi atreu el campaner?

9. A parer vostre, quins són els punts que, acabat el capítol III, mantenen viu l'interès de la novel·la?

IV

L'església de Santa Maria* era una massa enorme, sense esveltesa, edificada a la part més alta de la ciutat. La seva construcció havia durat segles. Gòtica en el seu interior, tenia la façana barroca, la qual, amb les seves capelles buides, amb els balustres[1] dels miradors romputs i les columnes de pedra numulítica[2] desgastades pel temps i la intempèrie, oferia cert aspecte trist i desolat.

El campanar octagonal era del mateix ordre arquitectònic que la façana: una ampla cornisa que corria al seu entorn assenyalava el segon dels tres estatges en què fou dividit, i més amunt s'obrien vuit finestres, que aixoplugaven altres tantes campanes. La cúpula en sostenia una altra de minúscula, que servia de base al penell:[3] un àngel de bronze simbolitzant la Fe, amb les ales mig esteses i la vestidura voleiant. Al costat del temple, aguan-

[1] Columnetes que formen baranes.

[2] Amb restes de fòssils.

[3] Indicador de la direcció del vent.

* Després de la descripció de l'interior del campanar al capítol I, ara el narrador ens descriu l'església en conjunt. La similitud entre el temple i la catedral de Girona encara s'accentua més: la nau i l'absis són gòtics; la façana i el campanar, barrocs; d'un temple primitiu, romànic, en resten un altre campanar i el claustre. Enmig d'aquesta macedònia d'estils arquitectònics es troben els *tenebrosos dominis* de Josafat.

tant l'empenta de la pesadíssima volta, les adjuves,[4] amb llurs gàrgoles,[5] embalumaven[6] el grandiós edifici.

Amb tot, els tenebrosos dominis del campaner eren més extensos del que podia deduir-se en contemplar l'exterior de l'església.

Seus eren[21] tots els espais dissimulats en la gruixària[7] de la grossa muralla; seves eren les amples golfes[8] de la nau,[6] les de l'absis,[9] les de la mitja volta dels claustres romànics; seu l'interior d'una torre de la mateixa època encastada en la massissa paret de l'església gòtica; seu el llarg trifori;[10] seus eren, també, els tres compartiments del campanar, fosques presons plenes d'estores,[11] gresols per a les lluminàries i altres objectes inservibles, i, per fi, seva era, igualment, l'hèlix de graons admirable que, des de sota la cúpula, baixava al fons d'aquell llarguíssim prisma octavat sense una obertura, sense altre aire per a respirar que el que passava per la caixa de l'escala, plena de fetor[12] de tomba.[22]

Cal afegir a tot això, de part de fora, les cornises, per on Josafat havia après de passar sense rodaments de cap;[13] les amples gruixàries dels estreps,[14] les teulades immenses;[21] la gran plataforma de sobre la façana, obstruïda per grosses pedres picades que restaven encara per col·locar; els miradors de la mateixa façana, amb els ampits escrostats, i, per últim, una petita torratxa,[15] feta de paret d'esquerda,* que rematava l'antic campanar romànic, dintre la qual hi havia una llosa sobre un cilindre de pedra: rústega taula d'utilitat inexplicable, mena de

[4] Puntals, contraforts.

[5] Canals, sortides per on vessa l'aigua.

[6] Feien encara més voluminós.

[7] Espessor.

[8] Espais entre el sostre i la teulada.

[9] Part posterior semicircular del temple.

[10] Galeria que passa per sobre de les naus laterals d'una església.

[11] Catifes d'espart.

[12] Pudor.

[13] *loc.* Vertígens, mareigs.[10]

[14] Massís de paret que contraresta l'empesa d'un arc.

[15] Torre petita.

* Obra feta amb bocins de pedra picada amb caires.

*spoliarium** dels esparvers, on sempre es trobaven restes sagnoses[16] d'ocellets sacrificats.

Josafat, fins a l'aparició de Pepona i Fineta, fruïa lliurement de tals dominis. Era un urc[17] de grandesa el que sentia; urc de salvatgina[18] que viu segura al seu catau inaccesible.[20] Nombroses portes, poderosos forrellats i estretors laberíntiques el guardaven de part de dintre; vertiginoses altures el feien inabordable pel defora. I els homes a baix eren minúsculs, fàcils d'exterminar llençant solament pedruscalla[19] de la que les pluges desencastaven. Passava grans estones imaginant-se un atac col·lectiu i formidable de tots els ateus, lliure-pensadors, republicans i heretges,** que ell confonia en un mateix odi. Quina heroica defensa seria la seva! I de quina manera en patirien els seus enemics!

Però ara... lleure[20] tingués per a pensar en les dues mosses. Comptava els dies i esperava llur retorn amb impaciència. El temor que no fos descoberta la seva libidinosa[21] complaença anava debilitant-se. Tornaven els somnis voluptuosos,[4] però sense que el senyor bisbe ni els capellans el foragitessin del campanar ni de l'església. Pepona era seva; els mateixos capellans la hi portaven, mudadeta, somrient i agraïda. S'hi havia casat. La història de la porcairola no l'encaparrava.[22] Sabia

16 Sangonents, plenes de sang.

17 Orgull.

18 Animal salvatge.

19 Pedres petites.

20 Temps lliure, oci.

21 Luxuriosa.

22 No el preocupava.

* En temps dels romans, el lloc del circ on eren despullats els gladiadors morts.

** Josafat imagina com a enemics seus els elements anticlericals del segle XIX: els qui no creuen en déu (ateus), els qui no admeten altra autoritat que la seva raó (lliurepensadors), els qui propugnen una república laica (republicans) i els qui sostenen doctrines contràries als dogmes de l'Església (heretges).

que no tots els pagesos en fugiren, quan ella amb el gos d'atura es rebolcava sobre l'herba; li havien dit que, cansada de xafar falgueres[23] amb els nois de la seva edat, s'havia llogat per minyona a l'hostal del poble; li contaren també un embull[24] amb un negociant de bestiar; una escapada a vila de llarga durada; però recordava el trontollar de la carn de Pepona, i, per a haver-la[25] sense perill a condemnar-se, no hi havia altre remei que el matrimoni. Perdona i seràs perdonat; aquesta era la bona màxima que es disposava a seguir el campaner.

Quan les bagasses aparegueren de nou, no gosà encara mirar-les; però, sentint-se amb més autoritat, els pregà que en una altra ocasió tinguessin present la santedat del temple i es posessin al cap un *tros* de mantellina.

—No són pas maneres d'entrar, així, descobertes, a la casa de Déu.

I, per si algú espiava, barrà,[26] com el primer dia, amb pany i forrellat la porta de la capella.

Fou complaent. En insinuar-li elles el desig de muntar al campanar, encengué un tros d'atxa[27] i començà a guiar-les per l'hèlix tenebrosa de la llarguíssima escala. Amb el cor encogit i les cames tremoloses, tot agafant-se en els brunyits carreus que tancaven la caixa de l'escala, anaven les dues amigues bagasses pujant, pujant. Els graons, d'alta contrapetja,[28] les lassaven, i havien de parar-se sovint per revenir[29] i esvair el mareig que els produïa aquell rodar seguit i inacabable.

Aleshores xisclaven.

—No ens deixis, Josafat: atura't.

El femenívol esglai divertia el campaner, que es girava i reculava per

[23] Fer l'amor al bosc.[11]

[24] Embolic, aventura.

[25] Tenir-la.

[26] Tancà.

[27] Teia, llum de mà.

[28] La part vertical del graó.

[29] Recuperar-se.

contemplar-les amb un xic de desvergonyiment. Llavors la seva cara, resplendent de llum roja, tenia una mefistofèlica[30] bellesa, que obrava sobre els sentits de Fineta com un poderós afrodisíac.[31]

A mitja escala volgué espantar-les. Fingí esverament, abaixà les celles, restà quiet, arrepenjat a la paret de l'escala, i parà l'orella.

—Xit, calleu!

—Què...?

—Calleu!

En aquella estretor imposant, plena de l'espessa fumera de l'atxa, obstruïda per la córpora sinistra del campaner, la paüra[32] venia per no res. Pepona perdé el color de la cara, i els ulls verds de Fineta, esverats i fixos, semblaven esclatar dins llurs morades conques. Escoltaren: s'oïen uns sotracs foscos, pregons; sonaven compassadament, amb tètrica resignació, com el cavar d'un trepenc,[33] com el pas feixuc del temps dins les tenebres del no-res.[19]

Josafat es divertia allargant l'angoixa de les dues amigues bagasses.

—No és pas res, plagotes,[34] és el rellotge.

L'expressió dels ulls de Fineta canvià de sobte, clogué les pestanyes i, agraïda al somriure simiesc[20] de Josafat, el contemplà amb un desmai d'amor bestial.

El campaner s'animava. Una estúpida presumpció el movia a fer-les esgarrifar apropant-se[5] al caire[35] de totes les cornises, pujant a tots els llocs perillosos, abocant-se[36] a tots els precipicis. Fineta, amb les mans histèriques, el retenia, i de passada li feia sentir el flonjo[37] contacte del seu pit, i el

---

30 Diabòlica.

31 Substància que excita el desig sexual.

32 Por.

33 Frare de l'orde de la Trapa, caracteritzat per les seves grans austeritat i pobresa.

34 Bromistes.[9]

35 A l'extrem.

36 Acostant-s'hi i inclinant el cos.

37 Suau, tou.

campaner, amb la pell roent, la sang encesa i el cor desenfrenat, procurava allargar l'excursió, i se les emmenava[38] per tots els racons dels seus dominis.

Per últim les portà a la seva cambra. Allí una satisfacció de gnom* que ofereix hostatge a unes nimfes lasses de rodar per soterranis desconeguts i espaordibles,[39] suavitzà la voluminosa faç de Josafat.

La cambra del campaner, tot i ésser emblanquinada i tenir llar i els seus fogons, que li donaven un aspecte inofensiu i menestral,[40] no per això alleugerí l'ànim de les dues mosses. Sempre la gran gruixària de la paret oprimia i ofegava, i feia pensar en llargues enyorances de captiu i en terribles turments inquisitorials.

A més, aquella cel·la pudia[41] a salvatgina i era fosca. Com pertot arreu, la claror entrava per una tatxa de caires[42] vius oberta en l'espessor dels carreus. Cinc pedres rústegament polides servien d'escala per a pujar al que podríem dir-ne ampit de la finestra, ampit que amidava quinze pams de fondària, espai suficient per a servir de mirador a Josafat. Allí era el lloc on la seva musa de faune embrionari s'inspirava tocant el flabiol a les tardes xardoroses[43] de l'estiu; allí era on passava hores pensant en la carn d'aquella mossa que ara, aprofitant un banc que hi havia, ansiosa d'espai, contemplava asseguda les serralades que es perdien en la boirina de l'horitzó.

Josafat, dret enfront d'ella, tocant amb el cap el marc de la finestra i amb

[38] Les portava.

[39] Aterridors.

[40] Significa, aquí, normal, corrent.

[41] Feia pudor.

[42] Angles, arestes.

[43] Caloroses.

* Els gnoms, en la mitologia nòrdica, són éssers fabulosos que viuen en les profunditats de la terra.[20]

els peus entre uns testos de marduix[44] i clavellines, poètica herència del vellet suau i complaent, no sabia allunyar l'esguard de la sina[45] de Pepona, que panteixava amplament, poderosament.

Josafat remembrava[46] les meditacions d'altres diades. I Josafat tenia un projecte, un projecte que el feia venturós.[47]

—Ah, fóscara![12] Ha d'haver-hi un bell parlament entre tu i jo!

Això pensava dir-li tot seguit, aprofitant[5] el sedassejar[48] impertinent de Fineta, que anava i venia mirant i observant totes les coses, tot gronxant-se al compàs d'una cançoneta alegre de moda.

El fum havia ennegrit completament el sostre de la cambra de Josafat. A les parets lliures, un xic esgrogueïdes,[49] es veia, com a únic ornament, un marc de fusta senzill i primitiu que enquadrava una litografia[50] vella: el Pare Etern, amb els dos dits d'una mà en l'aire i el món a l'altra, mirant seriosament; un mirar de mèrit, que seguia l'observador a tot arreu.

Dins un petit recambró, un catre, amb un cobrellit virolat de flors grogues i fruites vermelles, amb el coixinet de tela ratllada sense funda, servia de jaç[51] a Josafat. A la capçalera, un petit Crist i uns rosaris penjats al mateix clau, i sobre la lleixa[52] cantonera un pitxeret[53] de vidre estava caigut vora una capsa de llumins.

Pepona, de sobte, sentí apropar-se Josafat, que respirava fatigosament. Endevinà que ell anava a fer-li una confessió amorosa o a dirigir-li una súplica lasciva,[4] i, volent evitar-ho, cridà la seva companya.

---

[44] Planta labiada olorosa de fulles petites.

[45] El pit.

[46] *arc.* Recordava.

[47] Feliç.

[48] Tafanejar, xafardejar.

[49] Tirant a grogues.

[50] Gravat imprès seguint les tècniques litogràfiques.

[51] Lloc per jeure.

[52] Prestatge.

[53] Gerro petit.

Fineta venia d'ensumar el jaç d'aquell mascle poderós; portava els narius plens de sentors[54] d'home. Amb cert enervament muntà els cinc graons i s'interposà entre Pepona i el campaner. Quasi empenyent-lo s'ajupí, prengué un petit brot de marduix, que es posà entre les dents, enlairà la seva faç, plena d'una serietat ardent, sota l'esguard de Josafat, que se la mirava sorprès, i sospirà profundament.

Pepona, un xic molestada per l'actitud de la seva amiga, volgué anar-se'n. Ja era tard; a fora moria el sol arran de les muntanyes; per la finestra s'albirava un tros de cel roig, sanguinós, ratllat per faixes moradenques.

De l'habitació del campaner se'n sortia per una mena de terradet enrajolat que, entre dues adjuves, cobria la sobrevolta de les capelles laterals. Pujant després per la petita escala de la torre bizantina,* s'entrava al trifori i donant un quart de volta a la nau, i travessant el segon compartiment del campanar, es trobava un replanet que conduïa a la gran escala de cargol.

Josafat, sempre amb el tros d'atxa als dits, pensava aprofitar-se de tan llarg trajecte per indicar a Pepona la necessitat d'aquell bell parlament, que era per a ell la seva única esperança.

Però Fineta, subtil[55] com un mal esperit,[20] sabia interposar-se. I li feia flairar els seus cabells, li posava davant els ulls l'exasperant mobilitat del seu cosset, propícia a vinclar-se, a estremir-se, a defallir[5] amb la furient[56] estreta[57] d'uns braços apassionats. De vegades, bo i girant-se, per sobre el mus-

[54] Olors.

[55] Astuta.

[56] Furiosa.

[57] Abraçada.

* Construïda a l'estil o sota la influència de l'arquitectura que florí a l'imperi de Bizanci (segles IV a XIV).

cle fitava el campaner amb les seves nines de bacant:[20] eren fiblades[58] horribles; ell les sentia, com botons de foc cremant-li la còrpora, encendre-li el cor d'un desig furient que no admetia espera. La virilitat del campaner gemegava.

En l'estret passadís del trifori, Fineta es parà. Sobtadament, Josafat, que anava al seu darrera, hi ensopegà. Fou un instant. Josafat sentí tota la feblesa impura[4] del dors de la bagassa gravitar en l'amplària del seu pit d'atleta, rebé un sospir en plena faç, i veié els llavis lassos de la dona temptadora oferir-li una besada. Pepona s'allunyava maliciosament. Es cregué perdut. Tot s'havia esvaït en el seu entorn; una remor d'oratge[59] brunzia[60] a les seves orelles.

L'església, ell i Fineta s'enfonsaren en un remolí negre i furient; el cor pataquejava[61] per dintre, avariciós d'impuresa, i els braços demanaven ajuntar-se per estrènyer en mortal abraçada aquella dona, que sanglotava[62] per endavant el plaer esdevenidor.[63]

Un xic llunyà sonà una petita rialla; passà com un llampec pel magí[64] del campaner la idea de la seva eterna perdició; una veu, sonant dins el seu crani, li cridà: —«Déu et mira». I el record que l'ambient on anava a rendir-se la seva castedat era el mateix on s'aixecava tantes vegades l'hòstia sacrosanta, sorgí enèrgic i deslliurador. El tic nerviós esqueixà amb violència la seva boca, i amb una furiosa empenta llençà Fineta lluny, sobre les lloses, com un fardell pudent ple de carnassa.[20]

El tros d'atxa havia caigut; crema-

58 Punxades, picades.

59 Tempesta.

60 Remorejava.

61 Colpejava, bategava fort.

62 Plorava convulsivament.

63 Futur.

64 Pensament.

va espeternegant[65] en el sòl, i amb la seva llum tètrica es veié Fineta vinclar-se adolorida, mentre, impertinent i tossuda, seguia fitant en Josafat la seva mirada brillant.

—Oh, gràcies! T'estimo més que mai, Josafat! T'estimo! T'estimaré sempre![12]

El campaner fugí; per no passar per sobre la bagassa féu la volta a l'absis; la llum de l'atxa recobrada corria, creuava amb rapidesa les finestres, llançava reflexos fantàstics, tètriques besllums,[66] com les d'una ànima encesa pel pecat[20] que cerqués, adolorida, el consol de la divina gràcia.

En el buit del passadís que donava al campanar, Pepona, anorreada, esporuguida per l'impensat desenllaç d'aquella aventura, ni esma[67] no tingué d'anar en socors de la seva amiga. Es penedia d'haver posat els peus en aquells llocs tan esglaiadors[68] i abandonats a aquell campaner.

El campaner se li aparegué esblaimat,[69] trèmul, amb la boca no ben aquietada. Ferm en la seva dèria, volia parlar-li de totes maneres.

—Una altra hora, Josafat; aquí, no, sents? Mai més no tornaré.

I per esquivar la proximitat de l'home enfollit començà a baixar la llarga graonada.

Fineta els seguia de lluny, a les fosques, tot coixejant i rebent sotracs en els relleus de les parets, relliscant en els caires brunyits de les estretes petges. Se sentia defallir de dolor, però esclava ja d'aquell esquerp sàtir,* capaç

65 Crepitant.

66 Entreclarors.

67 Força.

68 Espantosos.

69 Pàl·lid.

* En la mitologia greco-romana, els sàtirs eren semi-déus silvestres, agressius i sensuals, que poblaven els boscos juntament amb

de saciar-la de furients carícies i de seguir-la en tots els deliris de la seva voluptuositat monstruosa.[4]

—T'estimo, t'estimo més que mai —li digué en passar l'última porta, ja dins la capella baptismal, amb l'insistent llambregar[70] de les seves nines clares.[24]

[70] Mirar.

les nimfes.[20] El mot *sàtir,* posteriorment, ha passat a designar aquell individu que, en forma violenta o anormal, intenta desfogar els propis instints carnals.

V

A Josafat, la solitud se li féu penosa des de l'escena del trifori. Tots els seus dominis estaven contaminats, tots els racons guardaven remembrances de Fineta. I a les parets veia estergides contorsions de magresa delirant, i als setials[1] trobava tebiors de carns flonges i rebregades, i[16] al ressò de les voltes sentia renills[2] de zel, i als revolts[3] dels corredors, bo i pessigollejant-li els llavis, percebia un aleteig subtil, un hàlit[4] cremant que flairava a marduix i pudia a febre.

A la seva cambra, cadires, taula, armari, lleixes i estampes,[6] tot reflectia mirades verdes i lascives.[4] El mateix Pare Etern pareixia ofès, estava més seriós, i el seu esguard seguidor acusava Josafat d'haver fet entrar allí les mosses. Àdhuc les cordes de les campanes li retreien coses esborronadores:[5] la bagassa s'hi havia repenjat, refregant-s'hi,[5] engorjant-les[6] en la canal del seu pit, entortolligant-les per les cames, amarant-les[7] d'una flaire excitant, forta, contorbadora, que encara les embalsamava.[8]

—És una mala dona —deia, amb afanys d'ella.

Oh, si en lloc del trifori hagués es-

[1] Seients.

[2] Crits aguts del cavall.

[3] Girants, angles.

[4] Alè.

[5] Horribles.

[6] Posant-les.

[7] Impregnant-les.

[8] Perfumava.

tat en qualsevol amagatall, lluny de l'ambient sagrat de l'església!...

Una tristesa de celibat l'envaí. Quatre dies passaren sense un instant de bon repòs; imatges eròtiques el perseguien, una curiositat deshonesta el martiritzava i somnis enervadors l'emmalaltien.[15]

El cinquè dia, a mitja tarda, Fineta, pleret a pleret,[9] pujava la rampa de Santa Maria. Anava sola, vestida de negre i amb mantellina. Els enagos[10] planxats cruixien sota el vestit de fai,[11] un cinturonet ample, amb sivella daurada, recollia els plecs de la brusa, tan diabòlicament fina, que les mustigades[12] belleses de la meretriu[13] s'endevinaven i reposaven a la cotilla[14] fluixa i elegant, la vorada de la qual àdhuc es transparentava.[9] Així volgué oferir-se a l'home que la seva refinada perversió havia escollit.

I sentia un greu[15] voluptuós[4] en pensar que tot el millor que tenia anava a ésser rebregat, malmès, romput per les impacients manasses[8] del campaner.

En ésser a la plaça de l'església enlairà la vista. Un esparver planava a l'entorn de la cúpula.* Contemplà la massa enorme de carreus, i en pensar que no tardaria a sentir, dins aquelles tremebundes parets, l'abraçada violenta del gegant fanàtic,[20] una sotragada libidinosa[4] ressegui la seva pell, de blancor cloròtica.[16]

Panteixava d'emoció com el primer dia que rebé la primera carícia.

Una ratxa d'aire primaveral esbandí[17] el seu front transparent, on es

[9] *loc.* A poc a poc.[10]

[10] Peça de roba interior.

[11] Teixit de seda.

[12] Marcides, pansides.

[13] Prostituta.

[14] Faixa ampla que estrenyia la cintura i sostenia el pit.

[15] Pena.

[16] De clorosi, malaltia que provoca una gran pal·lidesa.

[17] Aclarí.

* Ho podem interpretar com un senyal de mal averany, un mal presagi.

Façana de la catedral de Girona.

marcava un senyal moradenc, record de Josafat.

Restà un instant fruint la dolça besada d'aquell horitzó serè, contemplant-lo amb ensonyament[18] de recança.

Ni un dubte ni una indecisió no la contorbaren en entrar a la severa nau. Josafat es consumia de luxúria; era fàcil de realitzar-hi el seu anhel inextingible, el seu afany d'amor excèntric que l'entendria a ella mateixa com el conte de la dona robada per un orangutan.* Sempre l'havia trasbalsada[19] aquell maridatge horrible; sempre havia sentit insans desigs de viure la vida d'aquella desgraciada, reclosa en el tronc d'un arbre, alimentada per les mans del simi, sentint sobre la seva nuesa el pelut contacte de l'animal feréstec, rebent de continu abraçades immensament lascives[4] acompanyades dels crits estridents d'un plaer ferotge que no es cansa ni se sacia.[17]

Palpant, palpant, arribà fins a la porta del campanar. Estava barrada i trucà: uns trucs lents, compassats, breus, que ressonaven en el seu cor valent i capriciós.

Estava entresuada, i, en el passadís esbiaixat, aprofitava la fresca dels carreus refregant-hi les seves galtes. Hauria volgut trobar-se nua per sentir arreu aquella impressió frescal que apaivagava[20] la roentor[21] de la seva pell. Estenia els braços per abraçar el mur, mentre pensava que el cos del campaner tenia una amplària semblant, una fortalesa semblant.[20]

La porta seguia barrada. Ni una

[18] Abatiment, adormiment.

[19] Commogut.

[20] Calmava, mitigava.

[21] Cremor.

* Referència al mite de la bella i la bèstia. La novel·la, de fet, és una variant més d'aquest mite tan fecund.

lleu remor no indicava la proximitat de la fera.[20] Trucà una altra vegada amb més decisió i més fermesa. No volia tornar-se'n; corria per la seva nuca un pessigolleig tan suau, era tan violent el desig que serpejava[22] a les seves entranyes! No s'impacientava: esperes més llargues i més incòmodes havia aguantat per satisfer els seus amors exòtics. Anà a seure en un banc que hi havia allí prop, arrimat a la paret de la capella. Tenia aires de penitent.

Una silueta angulosa i feixuga vingué dret a ella travessant la nau. Duia a la mà un penjoll de claus que tentinejaven; passà a frec d'ella, de la bagassa, sense adonar-se'n, i, ja dins del passadís, obrí la porta. La veu de Fineta sonà al seu darrera.

—Josafat...; sóc jo, Josafat. Entro?

I va entrar, humilment, com una gosseta temorenca[20] que vol llepar les mans que l'han nafrada.[22]

[22] Ferida.

El vestit i la mantellina de la bagassa influïren en l'esperit del campaner d'una manera estranya i complicada. Idees contradictòries sorgiren en el seu magí contorbat. Cregué en un penediment, en una disfressa del dimoni, en la pròxima satifacció de la luxúria, en un missatge de Pepona, en un enginy dels seus enemics i en un camí segur per a notificar a la porcairola el seu bell propòsit. I restà mut, i Fineta, també muda, amb un aire entristit, anà allunyant-se del campaner fins a caure esllanguida[23] a l'escambell, des d'on li envià, per entre les seves pestanyes, una salutació casta i fervent...

[23] Llangorosa, sense energia.

—Som amics, Josafat?*

* Fineta tracta Josafat com si fos un nen petit.

El campaner també li havia clavat la seva vista; la resseguia tota amb el brillant jaspiat dels seus ulls frisosos.[24] Eren mirades inquietes, ràpides, que l'esgarrapaven tot despullant-la; rompent els botons, les cintes, el gafets[25] i llençant amb exasperació els pellingots[26] de roba que s'oposaven a satisfer la lúbrica[27] curiositat que feia dies era el càstig, el turment de Josafat.

Les delicades madeixes[28] que dauraven la nuca de Fineta es retorcien electritzades.[20]

Reposà la seva barba en el palmell de la mà, i s'esllanguí tota, bo i mostrant la flexibilitat de la seva cintura, que semblà desconjuntar-se sota els plecs de la brusa.

—Encara em tens ràbia, Josafat?

—Ràbia, jo..., jo...?

—Sí, tu, mira em feres mal; mira'm.

I s'apartava els bandós[29] del front amb un graciós moviment dels seus dits, carregats d'anells.

—Jo pla[7] no he estat el qui t'ha fet això.

—Sí, Josafat, fores tu, i fores* molt cruel. Saps que Pepona no vol tornar?

—Reïra![30] Jo vull parlar-li, a Pepona; cal que torni.

Començava a moure-se-li la boca, iniciant el tic amenaçador.

—Què en vols fer, d'ella?

—Això és cosa meva; vull parlar-li, veure-la, parlar-li.

—Per casar-t'hi?

—És cosa meva.

[24] Impacients, neguitosos.

[25] Ganxets.

[26] Parracs, trossos.

[27] Luxuriosa.

[28] Blens de cabells recargolats.

[29] Cabells aplanats a cada costat del front.

[30] Maledicció.[12]

* En boca dels personatges sona fals l'ús del perfet simple (*feres* o *fores*) en comptes del perfet perifràstic, col·loquial (*vas fer* o *vas ser*).

—I a mi no em voldries, Josafat? Jo et tractaria tan bé!

I li llançà francament una guspira[31] de passió, de les que fins aleshores havien interromput les closes pestanyes.

—Escolta, apropa't. Saps què penso? Que a Pepona no li agradaria viure ací; li fan por els sants, l'esgarrifa això —assenyalava el mur—. Jo, en canvi, hi viuria molt contenta. Josafat, apropa't, asseu-te...

I li féu un xic de lloc en el propi escambell.

El campaner, amb la cara roja, sense esma per a llençar a fora la que es presentava tan senyora, tan bondadosa i tan honesta, anà a agemolir-se[32] en el banc, i allí restà meditabund. Estava atent, per això,[33] així que ressorgís la dona impura que el temptà en el trifori, s'allunyaria d'ella o la trauria, sense compassió, a empentes, a cops, morta o viva.

La llum que davallava del finestral en travessar la feixuga muralla es feia més escassa, més grisa, més misteriosa,[3] més propícia a la temptació. Fineta, en el seu raconet,[8] sols era una ombra borrosa, una taca desfumada que incitava a apropar-s'hi, a estrènyer-la, a tenir-la abraçada amb l'amorosa melangia[34] que encomana[35] el capvespre.

El campaner, al mig de tanta complicitat, es refregava pel banc, patint i sospirant. No podia més i es redreçà. Fineta també, i tots dos s'apropsaren. Ella enfront d'ell, arquejà el seu cos, enlairà els braços i els retorçà en un estirament de mandra lasciva.

—Em vols, Josafat?

Josafat oscil·là. Per les seves dents

[31] Espurna de foc.

[32] Abaixar el cos submisament.

[33] No obstant, tanmateix.

[34] Nostàlgia, tristesa.

[35] Infon, contagia.

closes passava un ronc llarg, terrible.* Romangué[36] un curt moment mirant la porta entreoberta de la capella; després fugí fins a trobar la paret, al més lluny possible de la bagassa. Aquesta va empènyer la porta fins a ajustar-la, i, amb les mans nervioses posades en el forrellat, preguntà a l'acovardit campaner:

—Tanco? Sí? Vols que tangui?

La veu era suplicant, enfervorida, d'enamorada que s'abandona.

Quan hagué barrat conscienciosament, i triomfadora, anà vers la caixa de l'escala, i amb el peu al primer graó féu descriure als seus costats un vaivé de nimfòmana.[37]

—Vine, vine...

Al furiós convit el campaner es mogué, com si intentés abraonar-s'hi,[38] però restà amarrat al mur, tot forcejant per rompre uns lligams molt durs i molt arrelats que el retenien.

Fineta pujà escala amunt, i a la primera finestra de la caixa de l'escala tragué el caparronet. Els bandós s'havien esbullat,[39] la blanca gorja apareixia descoberta, els ulls li brillaven, i resseguint amb la llengua els seus llavis sagnosos els oferia al campaner, ardents, botits, folls, delirants.[4]

—T'espero; vine... vine...[13]

En el replà que servia de pas al primer estatge del campanar, Josafat va atrapar-la.

Era ja de nit,** a baix sols una tènue blancor, com d'un reflex de lluna,

36 Es quedà.

37 Maníaca sexual.

38 Llançar-s'hi.

39 Escabellat, despentinat.

* La *bestialitat* de Josafat queda així més remarcada.

** S'ha produït una el·lipsi narrativa, recurs molt habitual per evitar la descripció de determinades escenes que es donen per sobreenteses.

entrava per l'obertura del finestral. La gran campana de les hores tocà set batallades;[40] brunzí el ressort del rellotge; de cap a cap del campanar passà com un frisament[41] i el silenci tornà a ésser espaordidor.

Res no indicava l'existència de Josafat i Fineta dins la torre sinistra,[3] que abans sorollaren amb els udols[42] epilèptics del seu pler bestial[20] i amb el rebolcar desesperat de llurs cossos, que es masegaven en les lloses del replà. Encara transcorregué una bella estona. A la fi, per les finestres espitllerades passà un lleu sospir, que vibrà en les tenebres com l'esbategar[43] d'una grossa papallona. Fineta descendia. En la fosca blanquejà la seva sina descoberta. Anava arreglant-se, remeiant el desorde produït per la fúria simiesca de Josafat, preparant-se per sortir i tornar al seu hostatge. Mentrestant, s'assegué a la caixa del banc d'església, i s'aquietà com una hiena[20] farta de carnassa, emperesida[44] per la digestió lenta del seu macabre festí.

Josafat aparegué; dins la fosca encara es marcà la seva negra silueta. Encengué la llumenera i mirà la seva amiga, que, vestida del tot, s'havia alçat i prenia la mantellina de sobre l'escambell.

—Adéu, fins a demà; oi, Josafat?

Ell li plantà la mirada, que de somorta que era esdevingué brillant, i mentre Fineta volia fer córrer el forrellat, l'abraçà en una revifalla[45] del desig.

—Prou, Josafat; ara no, sents?

El campaner no féu cas de les paraules de Fineta.

[40] Cops de batall, campanades.

[41] Esgarrifança.

[42] Crits bestials.

[43] *fig.* Aletejar.

[44] Dominada per la peresa.

[45] Reviscolament, reanimació.

VI

Les relacions de Josafat i Fineta duraren mitja primavera. Quan ella se li presentà de nou, ell no discutí pas amb la seva consciència; però de vegades els remordiments li espremien[1] l'ànima. Cada dia, allà a les vuit, mentre trescava[2] per l'església, veia com un senyor jesuïta, de llavis tremolosos i testa nevada, es ficava al confessionari. Llavors el campaner sentia ganes de rentar-se de tot pecat, i lentament voltava l'absis amb intenció de prosternar-se als peus del confessor. Però mai no ho féu. «—Demà», pensava. Sabia que un cop confessada la seva concupiscència[3] ja no hi hauria manera de tornar a veure Fineta. Oh, l'amor de Fineta. Amb quina ànsia el fruïa, i com l'esperava cada tarda!

Solia emmenar-se la bagassa a dalt, a les golfes, sobre la gran volta, i allí, asseguts en una estora vella, entre dos pilars dels que sostenien les bigues, conversaven fins a l'arribada del crepuscle. Al principi Fineta no volia seguir-lo; ella desitjava foscor, brutalitat, grapades[4] de fera, dureses de granit, flaires de cova, tot un deliri d'amor inhumà, horrible, que aconseguia commoure les seves entranyes

[1] Oprimien.

[2] Anava d'un costat a l'altre.

[3] Apetit desordenat de plaers sexuals.

[4] Cops de grapa.

perverses, fartes d'amors de tota mena.

Pels forats que servien de ventiladors entrava una claredat enlluernadora, i Josafat satisfeia amb la bagassa la seva curiositat: ni una bellesa de Fineta no restà per ell desconeguda. Queia en èxtasi d'imbècil; després, saciat, tornava a sentir remordiments.

Fineta anava al campanar quan, exasperada per carícies que defallien tan bon punt començades, trobava d'enyor[5] la fera energia de Josafat. Hi arribava a les quatre de la tarda, hora en què sols alguna beata romania enfront de la imatge predilecta, i, per dissimular el seu aspecte desimbolt, es vestia de negre, embolicant-se els bandós luxuriosos[4] amb una mantellina, i àdhuc, si tenia por d'ésser espiada, s'agenollava a les grades d'alguna capella i feia xiuxiuejar els seus llavis. Procurava tant com podia no comprometre Josafat, a qui en certs dies agitava un frisament[6] no gens tranquil·litzador. I aquella actitud de penediment li esqueia,[7] i li agradava per la novetat que introduïa en la seva vida aventurera.

Dalt de la sobrevolta tornava a ésser la dona frenètica: llençava les seves robes i, amb poses de bacant, feia delirar el faune.[20] Ella l'instruïa, i l'iniciava a poc a poc en la perversió: li ensenyava el seu paper d'orangutan,[20] i aconseguia d'atreure'l en el buit de la porta, dins l'escala, allí on va gojar-la[8] per primera vegada. Ella parodiava l'esglai[9] de la dona robada, i ell el bestial amor, la insaciable cobdícia del simi.

Aquestes orgies íntimes atuïen el campaner, li llevaven tota energia i el convertien en una joguina de Fineta,

---

5 Enyorava.[11]

6 Inquietud.

7 L'afavoria.

8 *cast.* Posseir-la.

9 Espant.

que de dia en dia li feia aprendre un nou refinament, el convidava a una nova aberració.

—Pega'm, Josafat.

I ell la pataquejava amb les seves manasses, sense mirament, contaminat d'aquella voluptuositat insana.

En apropar-se les nits xardoroses, a Fineta li dolia de posar-se el vestit, que la feia suar, i en abandonar aquelles fresques golfes, llançar-se al carrer per tornar al seu llit de meretriu, on s'ofegava de calor bo i sofrint[5] les abraçades raquítiques d'algun jovenet tísic[10] o els afalacs cerimoniosos d'algun vell idiota.

—Vols que em quedi, Josafat? —li digué un capvespre ple de calda.

El campaner es posà un xic anguniós.

—Tota la nit?

—Tota.

I el mirà d'una manera com fent-li ofrena de cosa infinitament agradosa que ell encara no havia somniat. El campaner abaixà la testa amb resignació.

Anaren a la seva cambra; però, per no passar pel trifori i no temptar Déu, començaren un pelegrinatge fantàstic per les rampes de les teulades, fins a trobar la torre de les sagnants despulles,[11] per la qual davallaren al terradet, enclòs entre els dos esperons,[12] i s'endinsaren en la isolada cambra sense orejar,[13] que pudia a salvatgina.

Fineta, mentrestant, gaudí de tots els terrors i de totes les esgarrifances: sentí el xisclar de les òlibes; pressentí l'abís que la xuclava; les aus nocturnes, arran del seu cap, passaren lentes, movent llurs ales silencioses; sota els seus

[10] Tuberculós.

[11] Restes dels ocells morts.

[12] Contraforts.

[13] Airejar.

peus naixien cruiximents misteriosos;[15] sonoritats adormides despertaren el retruny[14] de les seves petjades; fosforescències macàbriques aparegueren a baix al precipici, allí on la humitat consumia residus orgànics. I quan Josafat, segur que el llum no podia ésser vist, encengué el cap d'atxa, que mai no deixava, basardes[15] noves vingueren perseguint Fineta, i avant, i arrera,[16] i de per tots indrets, la gruixa[17] de tenebres, que el llum no podia esvair, la suggestionava; li feia veure fantasmes, li feia sentir gemecs, que li atapeïen la gorja de xiscles histèrics, i que retenia per no causar enuig[18] al campaner.

La paüra matisà aquella nit d'amor. El *xut* de les òlibes, les besllums fosforescents dels estels, que entraven per l'enorme tatxa de la muralla, donant als objectes aparences espectrals; l'enigmàtic silenci que alenava[19] a les orelles; el veïnatge de tantes buidors tenebroses, l'isolament d'aquella habitació, suspesa com un niu de miloques[20] sobre el precipici reblert de fosca, tenien desvetllada Fineta.

A la matinada començava a ensonyar-se, quan una estridència metàl·lica repercutí sobre el seu cap. Era el so d'una petita campana amagada en el mur, que servia per a cridar Josafat en un cas de necessitar-lo. Un cordill que, travessant tota l'església, penjava de part de fora del campanar, la movia. Josafat es llevà, encengué el llum i començà a vestir-se. Certa inquietud feia remoure les seves nines jaspiades.

—Hauré d'acompanyar Nostramo —digué.

I anà per eixir de la cambra. La ba-

---

[14] Ressò.

[15] Pors.

[16] *dial.* Endavant i endarrere.[7]

[17] Espessor.

[18] Molèstia, disgust.

[19] Respirava.

[20] Ocells de rapinya nocturns.[20]

gassa no volia romandre sola. Després de refusar-la, aspre i sorrut, partí.

A Fineta, llavors, li mancà el contacte d'aquell pit ferm, li mancà el rítmic batec d'aquell cor serè, i, sense la narcotitzadora violencia de l'amor feréstec i agressiu de Josafat, sentí fredors catalèptiques[21] que la garrotaven.[22] Idees macabres l'esfereïren:[5] estava dins un grandiós sepulcre saciant la voluptat profanadora d'un monomaníac;[23] un càstig horrible planava sobre d'ella; oïa el pas de cent fantasmes que venien a satisfer ardències d'ultratomba; les passades exaltacions de Josafat, les creia preludi d'una mortal escomesa;[24] i espiava l'entrada amb ulls immòbils d'esglai, segura de veure retornar el campaner amb un punyal acerat[25] dintre les mans crispades.

De sobte, perdudes, dèbils, com si vinguessin de molt llunyà arribaren allí unes batallades tristes i lentes, de sonoritat apocalíptica.

Per la tatxa del mur entraven bes-llums d'aurora, glopades de grisor esmorteïda.[22]

Fineta s'entendrí, en pensar en aquell infortunat que agonitzava a l'hora poètica que el cel s'aclareix amb esperances de consol.

I el bronze[22] continuava llançant onades de majestat, calmosament, poderosament, ronc, implacable, com un avís de l'Etern[19] dirigit als homes per recordar-los la feblesa[26] i mesquinesa de llur vida i com és d'inflexible la seva divinal justícia.

Quan Josafat aparegué, venia moix,[27] pesat, amb la testa vinclada cap al muscle, els braços caiguts, les celles baixes, com atuït per un formi-

[21] Relatiu a la catalèpsia, malaltia que immobilitza el cos.

[22] Paralitzaven.

[23] Obsessionat en una sola cosa.

[24] Atac.

[25] Afilat.

[26] Debilitat.

[27] Trist.

dable anatema.[28] Havia entès el llenguatge de la campana. Fineta es vestia, i no la destorbà, com altres vegades, amb curiositats noves ni amb noves exigències amoroses.

La bagassa no es mogué de la cambra de Josafat en tot el dia. N'estigué fortament consirós;[29] el campaner, de la tal contrarietat! Cap d'ells dos no havia caigut que seguir el camí de la nit passada, en ple dia, era perillós. Calia travessar llargs espais descoberts, propers a cases altes, on vivien clergues i gent pietosa, i una dona que passa per les teulades d'una església és cosa fortament curiosa que es conta i es comenta. Seguir el trifori, deixant de banda la profanació que suposava, era també exposar-se: l'ampit de la galeria era baix; el corredor, estret; amples les finestres trilobades,[30] la llum del matí, més potent, i el temple, més concorregut.

De totes maneres, fos quin fos el camí escollit per llençar a fora la bagassa, sempre oferia dificultats la sortida de la capella baptismal: escolanets curiosos, beates malicioses, sagristans xerraires i capellans severs vagaven de continu pels àmbits de la gran nau, i no era pas difícil que algun lluqués[31] la misteriosa fugida.

Per qualsevol altre que no hagués estat tan tímid ni tan fanàtic com Josafat, la situació no era gens inquietant; per ell, era senzillament terrible.

Josafat complí els seus quefers, senyalà les misses, i tot el matí entrava i sortia murmurant, fent càrrecs a Fineta per la seva maleïda pensada. De vegades prenia les coses i les deixava, distret, pertorbat, com si d'un moment a l'altre esperés veure els seus dominis

[28] Maledicció eclesiàstica.

[29] Preocupat.

[30] Dividides en tres lòbuls.

[31] Veiés.

escorcollats,[32] envaïts per les autoritats eclesiàstiques. A més, li semblava que les parets de Santa Maria eren de vidre; que el món enter fitava les seves mirades en Fineta, que, indiferent a l'angoixa del seu amant, s'havia aposentat en el marc de la finestra, bo i distraient-se[5] en la contemplació de les muntanyes amarades de sol, esbandides d'aire pur, suau, flairós, que arribava fins a ella, joguinejant amb els rínxols dels seus bandós, esbullats per una nit de follia. El campaner, amb veu ronca, imperiosa i brutal, li manà descendir del mirador, i aleshores Fineta, avorrida, amb les robes fluixes, anà a ajaçar-se dins el recambró, en el catre esquifit,[33] brut i pudent.

Josafat la deixava fer; les seves entrades i sortides eren precedides d'infinites precaucions, i no es descuidava mai de barrar la porta. En va Fineta el cridava amb dolcesa, amb ànsia d'amor somnolent; ell no responia.

Així passà aquell matí. A la tarda, quan ja Josafat començava a tranquil·litzar-se i veia, joiós, l'hora d'allunyar la bagassa, vingueren nous motius d'alarma. Impensadament, l'organista, un capellanet petit i rabassut,[34] bellugós[35] i afable, per encàrrec de mossèn Lluís, vingué a dur els papers de l'oncle de la porcairola. Dos o tres companys clergues l'acompanyaven. Eren bromistes, i Josafat hagué d'aguantar llurs bromes.

Era un tema vell que sempre es retreia amb fortuna, el casament de Josafat. Ara anava de bo; els papers de la cúria eren llicències esteses. Que callat s'ho tenia! Estava desmillorat d'enamorament; i l'organista s'hi atansà, i, amb una seriositat grotesca:

32 Registrats.

33 Petit.

34 Grassó.

35 Inquiet.

—Uf![12] Josafat, tu puts a dona —li digué.

Dins les sotanes els clergues es retorcien enriolats; algun caigué convuls sobre el banc d'església, i Josafat, cregut que verament tot allò era una mofa sagnant, s'esblanqueí llastimosament. Ho sabien tot i es complaïen a martiritzar-lo! Estigué a frec de[10] caure de genolls al mig d'aquella alegria i, confessada la seva culpa, demanar-los perdó, llàstima, bondat i silenci.

L'agonia del campaner fou llarga: hagué d'acompanyar-los dalt el campanar, per tots els llocs on Fineta exhibí les seves belleses matxucades,[36] vibrants de desig; per tots els racons testimonis del seu bestial concubinatge;[37] i els visitants ho curiosejaven tot, com si cerquessin rastres del seu delicte, senyals acusadors, proves del seu pecat.

En creuar les golfes, un s'adonà de l'estora, del jaç lasciu, i fent petar els dits de la seva mà grassoneta,[8] amb envejosa ironia exclamà:

—Tira peixet,[11] quines migdiades més fermes deus recargolar-hi![11] Ah, gran sapastre![38]

I encara més. La torreta del campanar romànic fou envaïda pels clergues impertinents, i Josafat, mort de por, cregué sentir una cançó que muntava per l'escala, una cançó indecent,[4] de bagassa avorrida i solitària. I, a l'entorn de la llosa on els esparvers celebraven llurs festins, l'humor dels clergues demanà vi negre per celebrar el prometatge del campaner.*

[36] Manotejades.

[37] Cohabitació entre un home i una dona no casats.

[38] Murri, mala peça.

* Remarqueu la subtil i punyent ironia de Bertrana, que aplega els capellans entorn del mateix lloc on els esparvers devoren les víctimes. A més, demanen a Josafat vi negre, que s'associa amb el sacrifici de la missa i amb les *sagnoses despulles* dels ocells sacrificats.

Nau central de la catedral de Girona.

—Josafat, convida'ns; sigues esplèndid.

No hi hagué remei; anà a cercar vi negre. En la seva cambra llançà una mirada tan fulgurant de menyspreu i odi[6] a la Fineta, que ella sentí la fredor catalèptica de la nit ensenyorir-se del seu cos.

—Josafat, què tens?

No la deixà parlar; amb una mà li clogué la boca i amb l'altra l'estirà pel braç violentament, irat, amenaçador. Volia arrossegar-la no sé on, a un amagatall segur, a una de les moltes buidors ignorades, que formaven cataus[39] estrets, nínxols immunds, difícils de trobar.

—Deixa'm, Josafat, deixa'm... ¿On vols portar-me? Xisclo... xisclaré..., xisclaré...

Josafat sortí, tremolós de ràbia, amb l'angoixa estergida a les seves faccions, i Fineta meditià.

Un profètic esglai, un ombrívol pressentiment, la feien panteixar. No era tan tètric el so de la campana que de bon matí va entendrir-la, com els pensaments que flotaven en el seu magí, contorbat per la inexplicable excitació del campaner.

A la gorja esponjada de vici Fineta sentí una coïssor[40] estranya; palpà el lloc adolorit i enretirà les seves mans humides d'una transpiració sagnosa. Somrigué: bah!, quan estimava era més brutal encara. I estranyament excitada pel color rosa que tenyia la polpa dels seus dits, formà el propòsit de no sortir d'allí, de tornar a gaudir aquella nit les furients carícies del campaner. Tenia cosa nova per a ensenyar-li; en el seu cos torturat hi havia espais no flagel·lats[41] que oferiria a la bèstia que

[39] Caus, amagatalls.

[40] Picor.

[41] Castigats.

ella sabé educar en una escola d'amor salvatge, grandiosament infame.[4]

El campaner retornà. A les butxaques de les seves calces amples dringava la *propina* dels clergues.

—Quan sigui fosc caldrà anar-te'n.

—No —respongué Fineta.

Tota ella s'humilià; asseguda a la petja[42] d'un graó, s'arrupí tristament, enxiquint-se,[43] com si volgués demostrar que no feia nosa.

Després amb l'esguard demanava clemència.

L'ombra s'espesseïa dins la cambra, i ells, muts, immòbils i aclaparats, dissimuladament es contemplaven.

Arribada l'hora, Josafat encengué el tros d'atxa, obrí la porta i, tot esperant la bagassa que el seguís, s'entretenia rompent els caramells[44] de cera.

—Au, què esperes?

Fineta tampoc no va moure's. Sospirà profundament, per demostrar la recança que li produïa la nit d'amor que anava a perdre.

—Au —repetí el campaner—, cal anar-te'n. S'han d'acabar aqueixes[7] coses.

—Per què, Josafat? Què t'espanta?

—Tot. Poc més et descobreixen, avui. Jo pla estaria fresc!

—Bé, Josafat, diguem-nos adéu.

I se li apropà com el primer dia, amb els costats botits, vinclada enrera, projectant la sina, iniciant el vaivé luxuriós.

Ell ajupí la testa i li flairà els bandós, i l'estrenyé un instant amb els seus braços d'atleta.

Una esgarrifança de joia serpejà per la carcanada[45] de la mossa, que li cargolà el daurat borrissol[46] de la seva nuca.

42 Part horitzontal.

43 Empetitint-se.

44 Regalims, mocs.

45 Ossada.

46 Pèl fi.

Quan el campaner deslligà els seus braços, ella continuà empenyent-lo amb la seva carn flonja, que relliscava dins les desforjades[47] vestidures, i després, amb les mans tebiones, començà a acaronar-li el cabell aspre i estarrufat com les pues d'un porc espí...[20]

Al matí següent feien hòsties Josafat i Fineta. Ella passava la farina amb un sedàs atapeït i cantava la cançó amorosa, la cançó bàquica[48] que Josafat no acabava d'entendre. El triomf brillejava en els seus ulls escaldats[49] de meretriu extenuada.

Ell maldava,[50] deixatant[51] la farina amb aigua, fent-ne una pasta fluida que després calia posar al motllo roent: dues plaques de ferro de mànec llarg, creuades a manera de tenalles. Estava fortament inquiet i consirós. Fins a tenir a fora la bagassa no respiraria tranquil; i la nit era lluny: un segle havia de transcórrer per a arribar-hi! Les batallades de les hores que, ressonants, resseguien la grandiosa església, li semblaven anunciadores de sorpreses desagradables, de perilloses visites. I estava atent, amb una atenció d'empresonat que espera el seu botxí.[20]

I com havia caigut una altra vegada![12] Amb quanta de feblesa s'havia resignat al caprici d'aquella dona! Recordava la nit roent, la nit folla, la nit satànica, i es preguntava si no tindria valor per a desempallegar-se[52] mai més de Fineta. S'ho jugava tot!: la glòria eterna, l'estimació dels superiors, el pa de cada dia i fins —per què no confessar-ho?— l'esperança de tenir el bell parlament amb la Pepona. On havia arribat! Era tan gran el baf[53] d'im-

47 Mal posades.

48 Relativa a Bacus, déu del vi.

49 Inflamats.

50 S'esforçava.

51 Dissolent, disgregant.

52 Treure's de sobre.

53 Vapor, exhalació.

puresa que tancava la seva cambra, que arreu s'estenia com una fumerola de l'esperit maligne,[20] i traspuava[54] pertot i ho empastifava tot de fetors lascives. Ell mateix, la seva còrpora mateixa, refregada hores i hores amb la carn enfebrada de la dona impura, exhalava efluvis sacrílegs, i allà on passava anava deixant una estela negra i pudent que obligava els sants a fer magarrufes,[55] a plorar les verges, i entristia l'esguard de Nostre Senyor.

Al matí, quan els ministres de l'altar celebraven les misses en llur capella, pareixien inquiets, com si pressentissin volves[56] de pecat surant per l'aire; i, en aixecar l'hòstia, ho feien amb fervor de desagreujament;[57] amb mirar contrit, pidolant[58] clemència per al causant de la tremebunda infecció de l'església.

Ara mateix els dits de la Fineta, que fustiquejaven[59] amb la pasta que havia d'ésser aliment de gràcia per a clergues i fidels, li semblaven profanadors i l'enutjaven.

El primer cop que obrí aquells molls llargs i feixucs, l'ovalada pel·lícula d'on havien d'ésser tallades les hòsties es clivellava[60] amb un cruiximent de fulla seca. I en va posava un mirament exagerat a fer la tasca: sempre els relleus del tel pur i diàfan, el Crist amb els serafins i els alats caparronets que els envoltaven, es feien mil peces en obrir les amples pales del motllo.

Allò era un auguri de desgràcia, un anunci de dissort, un avís del càstig que el bon Déu, ofès, li devia enviar. Anorreat,[61] llençà les eines i caigué pesadament a l'escó de la llar.

—Ah, Fineta!, bé en trigaràs,[62] de

[54] Es filtrava.

[55] Fer ganyotes de desaprovació.[11]

[56] Partícules.

[57] Reparació.

[58] Implorant.

[59] Joguinejaven.

[60] S'esquerdava.

[61] Anihilat, destrossat.

[62] Tardaràs.

temps, a posar els peus en eixa[7] cambra!

Passaren el dia sense parlar-se: inútils foren les temptatives de Fineta per revifar el campaner; no li valgueren les seves bromes, no hi valgueren les veres;[63] res no pogué el seu pit de mustigada delicadesa, trontollant-se dins els plecs de la brusa flonja; res els seus costats onejadors, passant i traspassant incessantment enfront dels ulls extàtics de Josafat; res els diminutius afectuosos prodigats entre roncs sospirs; res els dits llargs i acaronadors, estarrufant l'aspre pelatge del cap del campaner, acotat d'avergonyiment i ple de propòsits de formal esmena.

Temps perdut.

—Fuig —li deia invariablement, sense ira, sense por, amb una indiferència d'home afeblit per les nits de cràpula[64] passades.

El faune vençut,[20] amb el seu aire d'impotència, causà més impressió a la bagassa, la inquietà més que no pas l'home brutal, temible en els seus menyspreus, ferotge en les seves ires, cruel en els seus amors.

«Li passarà —pensava ella—. És la meva víctima.»

I a les seves entranyes perverses[4] nasqué una rara compassió, que tornà a enardir-les,[65] cobejant[66] encara l'última resquícia de viril energia que pogués restar al campaner.

Arribà fins al cinisme més descarat i més immund.[4] Josafat s'allunyà, fugí de la cambra.

En caure la tarda, Pepona vingué a cercar la seva companya. Estava intranquil·la; dues nits fora era massa. Atrapà el campaner quan finia[67] la

63 Coses dites seriosament.

64 Disbauxa, orgia.

65 Encendre-les.

66 Desitjant.

67 Acabava.

ronda acostumada en aquella hora, i dintre mateix la capella baptismal li preguntà per Fineta. Josafat no sabia res, no li explicaven res ni volia sentir parlar de semblant dona. Llavors, Pepona, exaltada, contrariada i furiosa, amenaçà el campaner: ho xerraria tot; fins el bisbe s'assabentaria del concubinatge de l'home que tots tenien per sant, i ja hi hauria qui li demanaria comptes del seu obrar; ja sortiria qui, de bon grat o a la força, li fes cantar on tenia segrestada Fineta. Josafat es veié perdut; la por va ensenyorir-se del seu pit com s'havia ensenyorit el remordiment de la seva consciència.

Anà a cercar Fineta, i estiregassant-la,[68] fent-li cruixir ossos i tendons, l'arrossegà fins a la porta de la capella. Allí Fineta, en trobar Pepona, endevinà tot el que havia succeït; un furor histèric contragué les seves faccions, i amb veu estrident, immensament repulsiva, llançà sobre la seva companya tot el verí de la seva mala llengua; un raig de paraulotes baixes, que l'altra recollia, retornant-les-hi. Josafat, escruixint-se,[69] s'interposava i les empenyia.

—Fora, fora!

Però el xàfec de brutícia, el torrent infecte,[22] passava per sobre d'ell i borbotejava en plena església, dins la majestuosa nau, tot esquitxant de llot[70] i podridures les coses santes.

Prop del cancell,[71] Fineta s'abraonà al coll del campaner i el besà a la boca, una, dues, tres vegades, fins que una empenta irresistible li féu deslligar els braços i la llençà contra la portella.

Sortiren. A la plaça continuaren la

[68] Estirant-la.

[69] Esverant-se, estremint-se.

[70] Fang, brutícia.

[71] Vestíbul.

disputa. La veu de Fineta fou l'última que oí el campaner.

—Encara que no em vegis en dues o tres setmanes, mai més de la vida no tornis a importunar-me.

Josafat restà sol. La solemnial grandesa del temple parlà a la seva ànima.

«Has contaminat la casa del Senyor; per la teva culpa les bagasses hi entren per satisfer llur famolenca luxúria i, com dins el bordell, s'hi barallen i llencen a la faç plàcida de les imatges tota la porqueria que omple llur cos envilit. Penedeix-te, demana perdó, Déu et mira.»

A la nit tingué enfront, sever, fix, serenament escrutador, l'ull del Pare Etern, que no el deixà reposar.

Quan el rellotge pausadament tocà les dotze, Josafat començà l'examen de consciència, i de bon matí, amb la testa ajupida, gairebé sanglotant, queia als braços del jesuïta de llavis tremolosos i testa nevada.[24]

COMENTARI 3 (CAPÍTOL VI)

1. Busqueu noms, verbs i adjectius que facin referència a les relacions carnals. Quin paper creieu que té aquest tipus de lèxic en la novel·la?

2. Quina mena de relacions mantenen Josafat i Fineta? Entren dins la normalitat? Busqueu alguna citació per fonamentar la vostra resposta.

3. Josafat, en aquest capítol, és més conscient que mai de la seva situació insostenible. Quins factors l'inclinen a trencar definitivament les seves relacions amb Fineta?

4. Quines sensacions experimenta Fineta quan es queda a passar la nit amb Josafat? Com reacciona quan és expulsada del temple?

5. Quins altres personatges apareixen en aquest capítol? Tenen alguna cosa en comú?

6. En quantes parts podríem dividir el capítol? Fonamenta cada una de les divisions (segons el tema, l'ambient, els personatges...).

7. Com interpreteu el final del capítol? Quina és la veu que amonesta Josafat en la solitud del temple?

VII

Fineta no era dona que renunciés de cop i volta[10] a l'amor d'un home, i menys a l'amor de Josafat. I tornà a pujar a la rampa de Santa Maria, tornà a acaronar-la[1] el vent de la tarda, i ella tornà a mirar l'horitzó, com si prengués comiat[2] d'aquella llum, d'aquella boniquesa.[19]

Contra el que no era costum en semblant hora, una campana voltejava en els finestrals de la cúpula, la mateixa que en la nit basardosa li esponjà el cor amb la lenta vibració de les seves batallades. Romangué admirada, atenta al retruny august de la «Brandamorts»,* meditant el simbolisme d'aquell nom, amb el qual la ciutat esporuguida havia batejat el bronze tètric. Pensà que era el braç formidable de Josafat que el movia i s'imaginà el campaner espitregat[3] amb la pell suosa reganyant[4] el seu coll gruixut, dur i tendinós[5] i el desig de clavar les dentetes en el tou[6] de muscles palpitants li féu apressar el pas per sobtar-lo en la tasca.

[1] Acariciar-la.

[2] Com si digués adéu.

[3] Amb el pit més o menys descobert sota la roba descordada.

[4] Endurint amb l'esforç.

[5] Ple de tendons.

[6] Massa tova.

* Bessona literària de la històrica i impressionant campana Bramamorts de la catedral de Girona, destruïda durant la guerra civil (1936).

Quan Fineta entrà, el campaner estava dret sobre els quatre o cinc graons que servien per a prendre embranzida.[7] La veié, i, dissimulant-ho, esperà el tomb de la campana, i, bo i engrapant[8] amb les seves manasses el llibant, es llançà amb els braços contrets i la faç congestionada.

Repercutí el batall,[9] i Josafat pujà de nou la graonada, calmosament, seriosament, seguint l'ascens de la corda i, mostrant una gran indiferència per la mossa, botà una altra vegada. Ella, sense parlar-li, el deixava fer, tot contemplant embadalida aquell espectacle fantàstic. I la negra silueta de Josafat s'agitava, suspesa en la llarguíssima corda, entre la grisor entristidora que tancaven les feixugues i aplanadores muralles, mentre a dalt, en la fumada volta, grinyolaven les corrioles.[10]

Fineta, tot revivant el seu desig, atiant[11] la seva passió, continuava quieta, en espera de l'esclat de benvinguda que li faria el campaner.

Finit el ressò de l'última batallada i penjat el llibant al clau de ganxo, Josafat mirà un segon només la bagassa; després es girà d'espatlles, la seva fesomia es cobrí d'austeritat, dues arrugues solcaren les seves galtes, els seus llavis mormolaren alguna cosa pareguda a una oració, i tota la seva llarga còrpora prengué una rigidesa bíblica.

A la boca entreoberta de Fineta es gebrà[12] una salutació amorosa; un pressentiment esqueixà les seves entranyes, abans joioses i reblertes de promeses. Amb tot, avançà, lenta i flexible, fins arribar prop del campaner, que l'esguardà amb recel.

—Aparta't, bagassa —foren les se-

[7] Impuls.

[8] Agafant, subjectant.

[9] Peça de ferro que fa sonar la campana.

[10] Politges.

[11] Inflamant.

[12] Es glaçà.

Il·lustració de Joan Mundet per a la primera edició de *Josafat* en aquesta col·lecció.

ves paraules—; aparta't, vés-t'en, res no has de cercar en aquest lloc. —I estrenyé els seus punys de gegant,[20] ferms, durs com els carreus del seu campanar.

—Què és això, Josafat? ¿Així m'esperes després de tants dies d'absència? ¿Així em reps quan jo et cerco ardorosa, folla per tu, anhelosa del teu amor com el primer dia? Adéu, Josafat; me'n torno, sents?, però no renuncio a les teves carícies; tornaré i hauràs de sofrir-me.

—Tu pla[7] te'n guardaràs bé, de posar els peus ací!

—Per què, Josafat? Què em faries?

—No cal pas explicar-t'ho.

—Me'n trauries?

—Te'n trauria.

—I com, Josafat?

I la Fineta se li apropà una altra vegada. A pesar seu el campaner la resseguí tota amb una ullada trista: com el jorn que li féu cometre el primer pecat, venia abillada[13] com una núvia; el negre fai li dava esveltesa; sota les faldilles, les anques inquietes frisaven amb nova voluptuositat; dins la brusa el pit s'aixecava impacient, contorbat amb un bleixar amplíssim com el d'un domador enfront una fera[20] temible i esquerpa.[14]

Josafat es recordava de totes les impensades exuberàncies d'aquell cos de dona; sabia els ressorts que l'enfollien; coneixia les seves extremituds,[15] les seves agonies, les seves resurreccions lentes, absorbents, tiràniques, i tot això el desarmava, el mantenia passiu, abatut, sense habilitat d'allargar la mà i refusar la dona impura.

—Vés-te'n, fuig...

—No, Josafat, ja no. Per què?

[13] Vestida.

[14] Esquiva.

[15] Espasmes.

Es refregava amb ell. El campaner sentia en el seu colze el tendríssim contacte de la sina de Fineta; notava l'ondulació rítmica del seu respir, el colpejar feble del seu cor minúscul, el ronc afalagador que passava entre les dents, closes per gelosa pruïja, i l'enfebrat alè que muntava fins a la cara d'ell i que l'enervava.[16]

—Josafat, has d'estimar-me, sents? Per què estàs ofès? Què t'he fet? ¿Qui t'ha parlat mal de mi? ¿Vols que em quedi amb tu, ací, per sempre?

—Vull que marxis lluny, que no t'acostis, vet-ho aquí...

—Josafat!...

—Aparta't.

—No puc, et desitjo amb tota l'ànima...

—Mai més, encara que et morissis.

—Josafat...[13]

—Vés-te'n, dic.

Fineta allargà les seves mans, i moixicosa,[17] dolça, accentuant més el seu ronc apassionat, intentà repenjar-se amb el campaner i passar-li els seus dits pel crani punxegut, per estarrufar-li el cabell.

Josafat llançà un crit enfollit, negre, fatídic:

—Llamp t'esquerdi![11]

I el seu colze s'enfonsà amb violència en la massa flonja de la sina de la bagassa.

Després, amb la mateixa facilitat que engrapava els llibants de les campanes, engrapà els bracets de Fineta per llançar-la al carrer; però en tocar-la, en sentir la pell lliscar dins el setí,[18] s'esborronà i desféu aquell contacte, que li revivava massa records; tingué por d'aquella suavitat tan admirada i tan voluptusament fruïda.

[16] Aplacava, deixava sense forces.

[17] Afectuosa.

[18] Teixit llis i fi.

Un cop lliure, ella s'encongí, i, amb l'intencionat espurneig[19] de les seves nines verdes, mossegava* una artèria que bategava en l'ampla gorja del campaner.

—Trosseja'm, però no aconseguiràs d'allunyar-me de tu; no me n'aniré; ací em tindràs sempre desitjant-te, comprometent-te, fins que m'estimis com abans.

Això digué la mossa, i, en notar un moviment agressiu de Josafat, afegí:

—Arrossega'm; au, prova-ho; xisclaré, tothom em sentirà; si ve gent m'arraparé a tu i provaré de petonejar-te,[5] perquè ho vegin.

Anà a asseure's a l'escambell de Josafat.

—Mira, ja estic aposentada; nit i dia esperaré que torni el teu amor.

En la brega s'havien afluixat les seves robes i esbullat els seus cabells. El seu esguard maligne passava a través de les rosses madeixes despreses dels bandós, amb un brill hipnòtic, provocador,[4] insofrible, mentre de la seva boca irònica eixien paraules que esqueixaven la pell com fiblades de tralla.[20]

—Covard! Hipòcrita! ¿Qui t'ho ha aconsellat, qui t'ho ha manat, que em traguessis?

I motejà[21] els protectors de Josafat d'una manera horripilant:

—Dejuna, tu, que ells ja s'afarten. —En sabia moltes històries dels ensotanats;[22] diverses vegades s'havia deixat esclafar per ells—.** Pesen, pesen; són del teu tremp,[23] Josafat; però fas bé de no fiar-te'n; a tu, te'n traurien, del

[19] Centelleig, guspireig.

[20] Tira de cuir d'unes xurriaques, d'un fuet.

[21] Insultà.

[22] Capellans.

[23] Són com tu.

* Fineta *vampiritza* Josafat amb la mirada.
** És a dir, hi havia tingut relacions sexuals.

campanar, però a mi em ficarien de bona gana en el seu llit. Creu-los, Josafat, creu-los, sigues bon home. Dejuna, que ells ja s'afarten.

I esclatà en una rialla aspra, discordant, endimoniada, i llançà més verí, més odi, desfogant el seu despit amb paraules cíniques i gestos indecents.[4]

El campaner mirava a l'entorn, bo i cercant una eina forta i dura que anés bé per esclafar d'un sol cop aquell cap d'escurçó,[24] que l'enartava[25] llançant-li per les dilatades pupil·les* tota la força nerviosa del seu cos d'histèrica vibrant d'ira, ple d'esgarrifoses estridències.

Fineta degué comprendre les intencions del campaner, perquè es redreçà d'un bot epilèptic.

—Jo he vingut amb les entranyes enceses per tu; mata'm, però morta i freda encara seguiré desitjant-te.

Josafat, amb tota la seva grandària i amb tot el seu coratge, s'estamordí;[26] tan espantable i resolta estava Fineta. La bagassa no sortiria, era inútil. Li agafà un pànic indescriptible; corria esbojarrat per les estretors d'aquella cambra.

Impensadament Fineta sanglotà: demanava una almoina d'amor, s'arrossegava humil i afligida, aprofitant la llum grisa, complaent i temptadora, del dia agònic. Cridava el campaner amb mots dels que ella inventava en els grans esvaïments[27] del plaer, i, cercant-lo, el perseguia com una ombra luxuriosa,[4] com una fantasma infernalment apassionada.[20] I, com el jorn de

[24] Serp verinosa.[20]

[25] Encantava.

[26] S'acovardí.

[27] Desmais.

* Al·lusió a la superstició segons la qual les serps encanten i immobilitzen les seves víctimes amb el poder de la mirada.

la seva primera victòria, prop del cilindre de la tenebrosa escala, enmig d'un dels estiraments que precedien sempre tots els seus esclats d'amor més terribles:

—Vine, vine! —cridà, amb veu de gorja ronca i enfarfegada—.[28] Tanca i vine. No podia acabar pas així el nostre gran amor; tu ja ho veus..., tanca i vine.

Josafat, corrents, anà a la porta; però, en lloc de tancar-la, sortí a fora i pegà una ullada de cap a cap del temple. Allà baix, arran dels pilars de l'absis, es movia una silueta alta i severa; avançava amb majestuosa pausa i tenia la venerable esveltesa del bondadós *padre*.

El campaner reculà, esverat, amb pas oscil·lant, la cara tràgica i suada. Fermà[29] la porta. La bagassa, en el seu lloc, l'esperava; el seu tors despullat resplendia, una blancor de bromera[30] enrondava la seva cintura, i, fins als peus, encara el negre fai la tapava.

—Per fi!* —saïnà,[31] i, triomfant, féu esmunyir les seves robes.

La grapa[32] horripilant de Josafat es clavà a la nuesa de la dona temerària; amb la seva força colossal la rebotè contra els primers graons de l'hèlix fatídica; el crani de Fineta colpejà a la pedra dura, i una violenta extremitud la deixà enrampada.[33]

Josafat, amatent,[34] va apilonar la roba tèbia, flairosa, sobre l'avergonyidora carn de Fineta, passà el forrellat i, deixant-la enclosa[35] en la foscor de la caixa, s'allunyà ràpidament d'aquell lloc sinistre.[3]

[28] Confusa, entrebancada.

[29] Tancà.

[30] Escuma. *fig.* Roba.

[31] Exclamà.

[32] Mà.[9]

[33] Rígida.

[34] Ràpid.

[35] Tancada.

* Fineta, en veure que Josafat tanca la porta, es pensa que finalment es disposa a fer l'amor amb ella i s'acaba de despullar.

VIII

I no vingué l'ombra alta i severa.

«—Vetllaré per vós; el pecat que contamina la vostra ànima és d'aquells que solen perdurar en els homes; el vostre ésser està saturat de concupiscència i fàcilment tornaríeu a caure.» Així li parlà el confessor en l'hora solemnial de l'absolució, i això recordava Josafat, i això determinà aquella violència.

Anava revenint.[1]

Què havia passat? Què havia fet? Què succeïria?[12] Els seus ulls jaspiats escorcollaven els racons més foscos de la gran nau. L'instint li aconsellà de barrar tota l'església. Silenciosament, previngut i desconfiat, féu la seva ronda; esbrinà capella per capella fins a tenir el convenciment que el temple estava desert. Després el sorollà amb l'espetec[2] de les reixes, amb el grinyol dels panys i forrellats, i quan fou a la porta forana tragué el cap per la portella del cancell.

A la deserta placeta les lloses de les tombes reflectien la llum crepuscular, grisa i esblaimada; l'herba que dibuixava les juntures era tendra, humida, formosament verda, i les façanes de les cases properes semblaven feso-

[1] Tornant en si.

[2] L'estrèpit.

mies[3] condormides. Una pobra vella eixia tremolosa d'una gran portalada i s'allunyava ranquejant,[4] bo i fent petar contra l'empedrat la ferrada virolla[5] del seu gaiato.[6]

Josafat barrà també la portella, i anà a veure el que havia succeït en la caixa de l'escala.

Pel camí recordà que havia albirat els ulls de la bagassa que giraven desesperadament dintre la fosca de llur conca, com si s'acomiadessin de la vida. Un corrent fred serpejà per les seves cames, dèbils i trèmules; el seu cor semblà afeblir-se i morir amb ràpids i menuts esbatecs, i el pressentiment que la seva tranquil·litat estava perduda per sempre li tenallà[7] l'esperit.

Era fosc i encengué la llumenera. Obrí. Fineta, en actitud deshonesta, el fitava amb un mirar enterbolit de pasme[8] i terror; dels seus llavis morats sortia una cosa repugnant que brillava a l'inquiet parpelleig[9] de la petita flama; tenia el cap apretat[10] per la contrapetja del tercer graó, la barba enfonsada en el pit, i els bandós esbullats se li enganxaven pel front lluent; una lluïssor[11] llefiscosa[12] que feia ressaltar més l'espaordidora pal·lidesa.

Josafat en aquests moments enyorà totes les passades benaurances[13] de la seva vida, tingué presents, un per un, tots els favors rebuts, tots els somriures bondadosos, totes les esquenades amigables.

Volgué tocar Fineta i la seva nuesa l'acovardí; encara li despertava luxurioses idees.

«—Deu ésser freda —pensava—, freda com gebre.»[14]

«He vingut amb les entranyes enceses per tu; morta i tot seguiré

[3] Fisonomies, cares, faccions.

[4] Coixejant.

[5] Peça que reforça la punta d'un bastó, un paraigua...

[6] Bastó de mànec encorbat.

[7] Oprimí.

[8] *cast.* Esglai, sorpresa.

[9] *fig.* Guspireig.

[10] *cast.* Comprimit, premut.

[11] Brillantor.

[12] Viscosa, enganxosa.

[13] Felicitats.

[14] Rosada glaçada.

desitjant-te.» I era cert; allí, en el seu ventre, una imperceptible onada pareixia iniciar el moviment luxuriós.[4]

Dalt l'escala colpejava el rellotge. Josafat reculà i començà a comptar aquells sotracs del temps:[22] una... dues... tres... set hores. Tenia tota la nit per meditar. Una serenitat astoradora[15] guarí[16] el seu esperit, però les seves carns tremolaven encara.

Féu l'últim toc de la tarda: era fàcil; només calia ventar[17] una estrebada al llibantó que movia el batall de la *Maria,* reposar mig minut, i tornar-hi... Ell mateix s'estranyà de complir tan bé la seva tasca, tan a frec d'un cadàver.

La llumenera, deixada al sòl, projectava l'ombra de Josafat dalt la volta, i aquella silueta colossal, amb el seu cap enorme, les seves cames infinites i els seus braços enlairats, movent-se calmosos, semblava gratar serenament els carreus desjuntats, per obrir-hi una fossa.[19]

I l'ombra li suggerí una idea: un home com ell no havia d'espaordir-se per amagar el cos d'una mala dona, allí on hi havia tants d'espais, tantes de buidors, tantes de tenebres, tants de llocs ignorats de la gent. Oh! No perdria ni un dels bons amics, ni una boca deixaria de somriure-li, ni una mà de trucar-li l'espatlla.

Pensà en un sac que hi havia a la seva cambra, i volgué pujar-hi per cercar-lo, però haver d'entrompessar[18] amb Fineta li repugnava.

Féu una llarga marrada[19] per la sagistria,[20] on desembocava l'escala de la torre romànica. Hagué de desfermar[21] dues o tres portes, i posà gran mirament a no fer soroll. A la cambra veié el catre esbullat, i pensà que aque-

15 Espantosa.

16 Alliberà.

17 Donar.

18 *col.* Ensopegar.

19 Volta.

20 Lloc on es revesteixen els sacerdots.

21 Obrir.

lla nit no podria reposar-hi, que una feina llarga i penosa l'esperava. Retornà allà on era Fineta amb el sac al braç, i en posar-li les mans a sobre no la trobà pas freda. Llavors li agafà un esverament d'idiota. Corregué per tota l'església, afollat[22] i sospirós. Després s'arraulí[23] al capdavall de l'absis, al més lluny possible d'aquell dimoni que ressuscitava.[20]

D'un moment a l'altre li semblava que tota la nau ombrívola i silenciosa[3] havia d'ésser pertorbada per l'aparició de la bagassa. Per primera vegada a la seva vida mirà amb recel el fons de les capelles, allí on les bes-llums de llànties acaronaven incerts retaules i sepulcres.

Després cregué albirar-la que eixia de la capella baptismal, i caminava tota nua, blanca com la cera, pausada com la fatalitat, els ulls girats, els cabells flamejants, els braços oberts, cercant-lo: «—Vine, vine...».*

Josafat canvià de lloc. Prosternat enfront del sagrari,[24] s'arrapà neguitosament a la gran reixa, vora la llàntia.

La flama diminuta i oscil·lant escampava la seva llum bondadosa per la testa del campaner, acotada i meditabunda. Les fantasmes, els misteris, les paüres de la nit, semblaven finir, esvair-se en el cercle de llum esgrogueïda. Allí una santa pau, una majestuosa serenitat, una grandiosa calma,[6] conhortaven[25] el campaner; car res no temia Josafat sota l'emparament[26] del Santíssim.

En la bonança[27] d'aquell redós[28] sentí passar les hores, córrer la nit i

[22] Aixafat.

[23] S'encongí, s'ajupí.

[24] Lloc on es guarda l'eucaristia.

[25] Consolaven.

[26] Empara, protecció.

[27] Serenitat.

[28] Refugi.

* Josafat imagina aquesta terrorífica aparició fantasmagòrica. És una al·lucinació.

***Madonna*, litografia d'Edvard Munch (1902).**

néixer una vaga esperança que tot allò mitjançant entre ell i Fineta era un pesat ensomni... Quan la formosa llum del dia aclarís els vidres, quan el sol anés clapejant[29] de vius colors pilars i capitells, sepulcres i retaules,[6] quan l'or enlluernés en els altars i somriguessin les irisacions[30] a la faç dels sants, estaria lliure per sempre de la bagassa; ella hauria desaparegut, escarmentada. I la veia dreta, amb els seus dits plens d'anells, els anells que ell tant admirava, arreglant-se els rínxols[31] esbullats, les arrugues del vestit, mentre amb els seus peuets[8] llançava, menyspreadora, el sac que havia de servir-li de mortalla.[32]

El sac! El sac!... ¿Per què amb tanta de llestesa anà a cercar-lo? La meditació sobre aqueix *per què* fou llarga i penosa.

Entretant, la grossa campana del rellotge amidava conscienciosament el temps; les seves onades ressonants somovien[33] les tenebres i feien parpellejar la llumeneta del Santíssim.[22]

I fou allà a les dotze que un xiscle llastimós, vingut del campanar, esqueixà el pregon silenci de l'església. La nau majestuosa repetí l'esfereïdora estridència, allargant-la, rebotent-la d'ací i d'allà, fins a deixatar-la[34] en la sobirana calma de la mitjanit.[22]

El xiscle era tan penetrant, tan agut, tan ferm, que Josafat el cregué resseguint els àmbits del món, desvetllant la ciutat esglaiada, revelant als homes l'existència de la bagassa agonitzant, nua, impúdica[4] i blasfema dins la torre sinistra.

Vindrien jutges i botxins;[35] la gent s'escruixiria;[36] els bons clergues tindrien remordiments d'haver-li confiat

29 Omplint de taques.

30 Coloracions.

31 Rissos.

32 Llençol amb què s'embolcalla el cadàver.

33 Removien.

34 Disgregar-la, dissoldre-la.

35 Executors de les penes de mort.

36 S'escandalitzaria.

les campanes, les imatges, les coses santes; l'església, bruta de sang profanadora, hauria d'ésser purificada per hostatjar[37] una altra vegada Déu sagramentat, i quan ell expiés el seu crim sobre el deshonrós cadafalc,[38] els pares li aproparien llurs infants per heure'n esmena.[39]

La paüra corria per entre la pell i l'os del seu crani deprimit, i li cargolava les arrels de l'aspra cabellera.

No podia deixar que es repetís el crit eixordador, i, amatent, i esgarrifat, s'endinsà en l'esbiaixada porta.

Trobà Fineta rebolcant-se pels graons; rebotia el seu cos per les pedres, grans gemecs s'escapaven de la seva boca, bleixava fort i seguit, mentre obria i tancava els braços com si estrenyés un amant invisible.[19]

El campaner pensà d'atuir[40] la bagassa, i cercant el mitjà, enlairà el seu esguard ple d'ànsia. Penjades de la volta les pedres arrodonides, a la meitat de llur ruta, seguien baixant, lentes, fatals, inconscients i dòcils, vers la terra. Tenien la duresa i crueltat que a ell li mancava per finir l'agonia exasperant, i llur gran pesantor sabria ofegar els cruiximents[41] satànics, les discordances de perdició que exhalava el cos morent de Fineta.

Arrossegant-la, la col·locà sota la vertical dels contrapesos.

Començà una espera llarga, anguniosa, en la qual comptava els sotracs del pèndol, el colpejar del seu cor, aquell cavar fatídic de trapenc, aquell retruny isòcron[42] que sonava en la tenebrosa escala.

I la gorja de Fineta s'inflava, atapeïda de nous xiscles, de nous gemecs estridents, de nous crits de suprema

37 Guardar.

38 Patíbul.

39 Tenir-ne exemple.

40 Estabornir.

41 Sorolls.

42 Compassat.

angoixa, i el campaner, en un esclat d'impaciència, féu ell allò que havia encomanat a les lleis de la matèria, a la inèrcia de les coses.*

D'un sol braçat recollí la morta amb les seves robes, i rebregant-ho[43] tot, apilant-ho tot, ho encabí dins la caixa del banc d'església.

El cap se li esvaïa, els genolls se li flectaven,[44] i, amb grans esforços, pujà a la seva cambra.

Allí engolí un bon tros de pa i begué d'una sola tirada una sitra[45] de vi negre. S'ajaçà en el seu catre i clogué les parpelles en un desmai de tot el seu ésser.

43 Arrugant-ho.

44 Doblegaven.

45 *dial.* Gerra.

* Josafat remata personalment Fineta, encara que no s'explicita com.

IX

Després del toc d'oració, Josafat obrí el temple. L'empenta del cancell sorollà tota la nau, i una glopada d'alba entrà subtil i flairosa.[22] Més tard els vidres dels finestrals i rosons[1] s'aclarien, i les llànties, amb extremituds agòniques, reduint el cercle de llur llum, s'esmorteïren.

Escolanets[8] plens d'irreverent joia trescaven per les capelles; a la sagristia, els clergues, amb plàcida serietat, es revestien; jovenetes[8] de galtes rosades, que la negra mantellina pessigollejava, prenien aigua beneita, i, tot escampant-se per l'església, cercaven llur confés;[2] vellets de fronts espaiosos i mans tremoloses oïen missa amb gran devoció; ací i allà repicaven campanetes, i precs fervents, amb sòpit[3] murmuri, brollaven arreu.

Josafat veia en els rostres, en les actituds, en els esguards, en les genuflexions, en el petjar[4] silenciós i reverent, en les mans commoses dels fidels que se signaven, una pau santa i una tranquil·litat de consciència que envejava, com un do impossible d'aconseguir. S'adonà, també, que a fora els pardals xerrotejaven[5] en els modelats[6] dels finestrals; que el sol escalfava, rio-

[1] Obertures circulars i vidrades.

[2] Confessor.

[3] Monòton.

[4] Caminar.

[5] Piulaven.

[6] Sortints.

ler, els vidres de colors; que l'oreig[7] matinal, bo i filtrant-se per les escletxes de les portes, duia perfums i enjogassades remors, i el seu esperit, malmès per l'horror del crim, amidà per primera volta com són de bones i agradoses aquelles coses.

A ell sols li restava vetllar,[8] vetllar sempre perquè ningú no descobrís aquell cadàver que, planant sobre la seva vida, com un parrac endolat,[19] l'ombrejava tota.

Ferm i en guarda a l'entrada del campanar, esbrinant la proximitat dels escolanets portadors de comandes,[9] no s'allunyava mai del banc d'església, l'orella atenta, la boca grunyidora, la vista fulgurant.

De vegades creia percebre un panteix pregon dins el banc, obria amb gran precaució la caixa, i, a la llum freda i morta que travessava el mur, albirava, embolcallades[10] de penombra, clapes informes de nuesa esgrogueïda entre rebrecs[11] de fai bruts i polsosos.

Una alenada pudent de suor i malaltia muntava del fons de l'improvisat taüt, i el mateix recargolament de cabells de la nit resseguí el crani de Josafat.

Finides les religioses cerimònies del matí; deserta l'església, i ell lliure d'obligacions, sentí necessitat d'alleugerir la seva ànima, d'allunyar-se de la morta, i pujà a les golfes de la nau. Allí mirà al lluny, vers les blavoses muntanyes, vers el seu poblet, i prats formosos, on la pastora s'enjogassava tot temptant la seva honesta adolescència, i on ell fugia del pecat, enfortit per les contínues prèdiques del sant rector. Volgué haver-ne consol, d'aquelles llunyanies, d'aquell passat, d'aquells re-

[7] Brisa.

[8] Vigilar.

[9] Encàrrecs.

[10] Envoltades.

[11] Vestits arrugats.

cords agradosos; però el cos èrtic[12] i pudent de Fineta s'interposava, i era més gran, més dominador que el sol, que l'espai atzurat,[13] que l'Univers, resplendent de llum joiosa.

I el sobtà, a la impensada,[14] una greu angoixa, una inquietud[6] tremebunda. Havia fet mal fet de desemparar la morta; calia vigilar ferm, no tenir ni un descuit, ni una imprevisió; cap porta no era prou segura, cap lloc prou amagat; sempre hi havia un rastre per a descobrir els crims; mai no mancava una escletxa per albirar les malifetes. Descendí, barroer,[15] neguitós, afollat. De pressa! A baix, potser a l'entorn del banc, trobaria la justícia.

Hi trobà el silenci, el maligne silenci de sempre, el que feia mesos xiulava a les seves orelles, el que de tant de temps era el seu negre conseller, el que havia revifat les seves passions, encès el seu cor de fluixesa i d'ira.

Respirà fressosament: ara calia no rendir-se fins que les humanes despulles es cobrissin de verms, es tornessin pols, vent empudegant,[16] resquícia inapreciable.

El dia, com pesant cadena,[19] s'arrossegava lent i pèrfid. Josafat, en la seva espera macàbrica, esperonava[17] el seu magí amb una tossuderia cruel, insana. Les idees trotaven per un cercle reduït, desenfrenades i confuses, tot inventant plans deslliuradors, mitjans per a desprendre's de l'embalum[18] fastigós que començava a podrir-se a la caixa del banc, i que creixia amenaçador, es feia enorme, i agabellava[19] l'espai, l'aire, la llum dels seus dominis. I pensava Josafat en un ganivet de tall subtil[20] capaç de trossejar la carn de Fineta en llenques[21]

[12] Encarcarat, rígid.

[13] Blau.

[14] *loc.* D'improvís, inesperadament.[10]

[15] Matusser, malairós.

[16] Pestilent.

[17] Incitava.

[18] La càrrega.

[19] Acaparava.

[20] Molt fi.

[21] Talls.

primes que el vent pogués endur-se; pensava en una flama devoradora que consumís sense fumera ni fetor; en un líquid corrosiu, un vidriol,[22] un aiguafort[23] que digerís fins els ossos; en un oratge de monstruosa força que fes voleiar les coses més pesants; en una torrentera tèrbola i profunda que allunyés dissimulada, sense fressa ni recança, i en una munió de bèsties carnisseres que vinguessin a emplenar llurs ventres famolencs i descomunals.

Cap a la tarda li vingué un desfici[24] martiritzador, una desconfiança suprema. Es malfià de la proximitat de l'església; pensà en l'impensat. Obrí de nou la tapa del banc, i sense llei[25] de repugnància, ensacà[26] el rígid cadàver. Abans de lligar el trist embalatge, serenament, escorcollà el fons de la caixa per no deixar-hi cap rastre femení. Trobà una pinteta, dues agulles de ganxo despreses de la cabellera de la morta, que, desplegada completament, s'enredava en les suades manasses del campaner i es resistia a ésser ficada dins la saca.

Llesta la funerària tasca, restà un moment indecís, determinant on portaria aquell fardell amoïnador.[27] El portà al primer estatge del campanar, i el deixà sobre un pilot de runa, cobert amb una estora vella.

Justament quan hagué retornat trucaren a la porta; darrera, a la capella baptismal, sonava una veu que l'anomenava. El campaner, empedreïda[28] la ganyota[29] tràgica a la seva boca innoble, mostrà les seves genives grogues d'espant, on s'encastaven unes dents blanques, fortes i estretes, entre les quals passava un bleix sorollós, esgarrifador, com un grinyol de llima que mossega ferro.[20]

22 Fosfat, àcid sulfúric.

23 Àcid nítric diluït en aigua.

24 Inquietud.

25 Cap mena.

26 Posà dins el sac.

27 Molest.

28 Endurida, fixa.

29 Tic, rictus.

Es resistia a obrir, i els cops seguien més violents, i la veu cridava més clara i més potent.[16]

Llavors entengué.

Ja fosc, sortia acompanyant el Viàtic, amoïnat per tan sovint com calia complir aquesta obligació.

De tornada sentí, per sobre l'església, emmantellada[30] per un cel negre i rúfol,[31] un refrec estrany, com el batre d'unes ales monstruoses.[19]

La petita flama de la llanterna se li apagà, i el campaner, esporuguit, després de maldar una bella estona per fer girar la clau, restà amb el puny tremolós sobre la freda tela que folrava la clavetejada i revinguda[32] porta forana, sense gosar-la empènyer.

—I ara, Josafat, què esperes? —digué una veu pausada i serena.

Havia oblidat el sacerdot, l'escolanet i els acompanyants que les ratxes de la xardorosa ponentada[33] rebregaven.

Entraren al temple, i, un cop el pany gemegà[22] darrera els qui sortien, el campaner tot sol romangué estamordit[34] prop del cancell.

El ponent bruelava[35] com una fera irada i venjadora;[19] tota l'església, ressentint-se de l'empenta enorme, llançava melangioses queixes, llastimosos sospirs,[22] que passaven de llarg a llarg de les tenebres, creixent i apaivagant-se. Era un seguit de notes planyívoles,[36] un concert anguniós i fúnebre[3] que suggestionava Josafat i l'immobilitzava.

A la fi, resignat per endavant a la seva llarga i penosa vetlla, anà a arraulir-se vora la llàntia del Santíssim.

Com la nit passada, els ulls del

[30] Coberta.

[31] Revolt, inclement.

[32] De bon gruix, robusta.

[33] Vents de ponent.

[34] Atordit.

[35] Bramulava, cridava.[22]

[36] Queixoses.

campaner, inexpressius, lluents de bogeria, esbrinaren els indrets de la capella baptismal; després, tombant la testa tòpita,[37] conduí aquella mirada trista i anguniosa pels àmbits de la nau, en espera d'alguna cosa imposant[38] que sens dubte anava a sorgir-hi.

A cada segon, remors desconegudes, fresses noves, agitaven els batecs del seu cor anihilat;[39] ja era el cruiximent de la fusta dels altars; ja el soroll d'una pedreta arrossegada per les golfes, que la força del vent estimbava[40] pels forats dels gamfarons;[41] ja un trontoll dels vidres o bé el miolar[42] tristíssim i llunyà d'un gat perdut en les laberíntiques buidors, en els innombrables espais enclosos dins les gruixàries dels murs ciclòpics.[43] I, tot allò, l'eco de la nau ho engrandia, i fins l'orgue semblava respondre al nocturn esglaiador. Dels llargs canons n'eixien sonoritats estranyes, lleus, imperceptibles,[3] que escampaven arreu una harmonia misteriosa, incerta,[3] de febrós deliri, d'ensomni tràgic.

La testa de Josafat seguia rodant amb pausat moviment de màquina. Estava convençut que l'espectre de la bagassa vindria i el convidaria a palpar el seu ventre, l'ona fogosa que somovia les mortes entranyes, lascives encara.

En apropar-se l'alba, en pensar que l'església seria oberta, envaïda per la gent, l'escometé[44] aquell mateix desfici[45] iniciat a última hora de la tarda. En la immensa pertorbació del seu magí, sola, única, violenta i dominadora, restà una idea: amagar més bé el cadàver de Fineta.

Pujà, doncs, al compartiment del campanar. Els carreus de la reclosa

[37] Atabalada, atordida.

[38] Imponent.

[39] Destrossat.

[40] Feia caure daltabaix.

[41] Banderes i domassos que es pengen a les esglésies.

[42] Cridar.

[43] Gegantins.

[44] L'assaltà.

[45] Agitació, neguit.

cambra reflectien la llum roja i fantàstica del tros d'atxa.

Un gat negre que, ajaçat sobre l'estora, dormia, fugí amb les nines plenes de fosforescències verdoses.* Josafat prengué el seu bagatge i des de llavors començà un tragí[46] horrible que durà dos dies. Aposentà el sac a tots els amagatalls, l'encabí[47] a totes les estores, el deixà a totes les tenebres. Una nit entera estigué arrossegant-lo pel llarg trifori, perduda l'esma, volent amagar-lo en el nínxol immund, el mateix on ja en vida intentà sepultar Fineta.

A la fi ensopegà amb la porta de la torre romànica, i davallant pels graons de la petita escala, sotraguejà el cadàver, estovant-lo,[48] fent-li llençar bravades[49] pestilents.

Quan tingué tapada aquella mena de tomba oberta en el gruix de l'adjuva, semblà asserenar-se un xic, i, capolat[50] de l'esforç, es condormí una mitja hora, durant la qual va somniar.

Fineta, estenallada[51] al seu costat, immensament freda, li esgarrapava el pit amb les seves ungles verinoses; li hi obria un esvoranc,[52] hi passava les mans, li espremia el cor, i, amorrada a la nafra, xuclava la sang fins a escolar-lo. I el campaner sentia una suor gebrada que el cobria, i dintre el pit un suprem defalliment, una angoixa de mort.

Després, tots dos es reviscolaven,[53] i la bagassa, inflada com una bomba de gas, volava lluny, molt lluny, i des d'allà d'allà li signava adéu, cloent i descloent els seus dits enjoiats; i[16]

[46] Carreteig.

[47] El ficà.

[48] Fent-lo tornar tou.

[49] Emanacions.

[50] Exhaust.

[51] Estesa.

[52] Forat.

[53] Reanimaven.

* Els gats negres han estat considerats sempre com a animals diabòlics. La presència d'un gat negre (amb els ulls verds com la morta) reforça aquí l'ambient tètric i misteriós.

ell, alegre, lliure de noses, corria a cercar el seu flabiol per tocar la bona tonada de ritme plàcid i pastoril cadència.

Josafat, durant el dia, a les hores que tenia obligació, es comportava com si tal cosa:[10] només s'haurien pogut notar alguns matisos de desconfiança en el jaspi dels seus ulls, i lleus extremituds en la seva còrpora, que traduïen esgarrifances de l'ànima.

A les estones de lleure de la tarda, que l'església s'aquietava, reapareixia el seu desfici: una força estranya l'impulsava a vagar amb el fardell macàbric.

Últimament, rendit i demacrat per vetlles i dejunis, amb un esforç titànic muntà a les golfes de la gran volta, i a la runa que emplenava els espais de les arcades començà a cavar una fossa. A ponentada continuava llepant[22] amb la seva llengua folla la grandiosa església; regolfades[54] vertiginoses aixecaven pols i vilorda[55] que encegaven el campaner; els esperons dels contraforts,[56] tallant la massa fluida, la desviaven, la dividien, bo i arrencant-li xiulets i udols de monstre prehistòric.

El refrec metàl·lic de l'ampla fulla del càvec[57] amb la runa de la volta restava ofegat pel traüt[58] eixordador de l'ardida lluita.

I el campaner enfondia el clot amb tota la pressa que li permetien els seus músculs lassats i fluixos.

Josafat treballava sense llum, refiant-se només de l'enteranyinada celístia que passava per les obertures dels ventiladors. Tenia el sac a prop. Havia volgut cremar el cos pudent de la bagassa, i ara, pel forat socarrimat,

[54] Remolins.

[55] Brossa.

[56] Pilars de reforç.

[57] Eina de pagès semblant a l'aixada.

[58] Brogit, bullícia.

sortia un membre que, de tant d'arrossegar-se pel sòl, s'havia nafrat i sagnava. El campaner, ficat com un talp[59] dins la fossa, per no fer soroll, amb les mans esgratinyava la runa. Oí perfectament com un immens sanglot de la naturalesa i el caure seguit d'una pluja espessa.

59 Mamífer que viu sota terra.[20]

Suspengué la tasca i escoltà complagut una fressa de brollador[60] que començava a sentir-se. El rajar de les canals, el glu-glu de les gàrgoles[22] i el murmuri de riuada que pujava de la ciutat l'alegraren.

60 Sortidor d'aigua.

Sortí de les golfes, i per la teulada de l'absis, sempre amb el sac a coll, començà a passejar-se sense vera intenció de res. Sols una vaga idea que l'aigua ho purifica tot,* que el sac es rentava, que potser la ferum[61] empudegant se n'aniria, que els ruixats refrescarien el seu front cremós[62] i emboirat, li dava conhort.

61 Pudor.[9]

62 Ardent.

Josafat rigué al mig de la nit plorosa.[22]

Pel pendent de les teulades molles feia de mal caminar; els peus li relliscaven i el sac, que, xopat, pesava més, l'empenyia avall, com si en el cadàver es despertés una voluntat misteriosa.

El campaner seguí aquell impuls fins al caire del precipici. Sota seu s'endinsava en la foscor l esperó de l'adjuva. Encara era albiradora la taca negra de la molsa i líquens arrelats en el junt de la cornisa, on finia la corba i començava la plomada[63] altíssima i perfecta.

63 Paret recta, feta a plom.

Josafat i el seu bagatge reposaven

* Josafat veu el ruixat com una mena de baptisme purificador: per a ell, per a Fineta i per a tot el temple.

en el gruix de l'ample mur i anaven amarant-se.[64]

Nuvolades espesses corrien sobre d'ells, les quals enfosquien la poca transparència de les teles. Els xàfecs refermaren, i a baix, a l'abís enigmàtic, l'aigua acarrerada[65] entre l'església i una paret de l'antic cementiri dels canonges bramulava.[66]

Josafat parà esment en l'absolut secret que prometia aquella torrentera. Cregué la nit eterna, la força de l'aiguat enorme, el carreró del fons inaccessible, i en una sobtada contracció dels seus braços dèbils, quasi impotents, estimbà el pilot de carn fastigosa.

El sac, esllanguit[67] per tanta brega, fluixos els lligams, i retingut per un espasme dels dits de Josafat, va buidar-se. Les robes de la bagassa voleiaren com ocells de nit,[19] bategant contra els carreus, i el cos fou engolit pel negre espai.[22]

Un sotrac mat, de cosa tova, que no rebot ni vibra, marcà el terme d'aquella furient davallada.

Amagat entre escardots[68] i ortigues, deforme, contort,[69] infecte, restà el cadàver de Fineta. I l'aigua que gitava[70] la gàrgola* quimèrica[71] caigué com baptisme purificador sobre la seva nuesa.[19]

L'endemà a primera hora, el vicari de torn veié un escolanet que esperava a la porta principal de Santa Maria. El noi corregué a l'encontre del sacerdot.

[64] Mullant-se.

[65] Acanalada.

[66] Cridava.[22]

[67] Consentit.

[68] Plantes espinoses.

[69] Contorsionat.

[70] Vomitava.[9]

[71] Monstruosa.

* Les gàrgoles dels temples gòtics solen representar esperits malignes com monstres, diables i bruixes.

El campaner no havia començat a assenyalar la missa, explicà el vailet, i, per més que ell estirava el cordill i el cridava, no obria ni donava cap mostra de vida.

Dues o tres devotes matineres s'havien apropat. Elles tampoc no oïren tocar l'oració, i podien ben jurar que aquell matí ni una campana d'aquella església no s'havia mogut. Era més estrany encara.

Vingueren més gent, més escolans i més clergues, i, avisat el rector, féu la seva arribada al mig d'una gran curiositat i un gros silenci. Ell estirà el cordill amb les seves mans blanques i apergaminades... Res. Hi tornà... Res, tampoc. Repetí l'estrebada, i... sempre res.

Avisades les autoritats, un manyà[72] va espanyar[73] la gran porta. Com ressonaven, en el misteri interior de l'església, les martellades del manyà! Que difícil, llarga i penosa fou la tasca! I quina mena de paüra sobtà[74] la gent quan la porta cedí, i la imposant nau aparegué deserta i fosca!

Amatents, l'escamot[75] de curiosos empenyeren el rector i el jutge, però en el mateix llindar tots restaren fixos, sense bleixar, empedreïts[76] per la sorpresa, sobtats per l'impensat.

Un flabiol sonava dins la penombra santa. Un seguit de notes clares sortien del trifori i amb infantívola inquietud, bo i travessant les amplàries solemnials, rebotien pel frontis, aletejaven pels rosons com ocellets frisosos de llibertat. Després, la incorrecta melodia semblava resignar-se, esdevenia alegrement enyorívola,[77] saltironava per les cornises, resseguia les motllures, joguinejava pels capitells,[6] s'en-

[72] Ferrer.

[73] Va forçar el pany.

[74] S'apoderà de.

[75] Grup.

[76] Immobilitzats.

[77] Nostàlgica.

tortolligava en els pilars, giravoltava per l'absis, s'abatia fins al sòl i muntava[15] fins a les claus[78] de les arxivoltes,[79] sempre incerta, inconscient, indefinida, subtil, com una idea que es perd, com un pensament que fuig, com un seny que divaga... [22, 24]

[78] Pedres centrals.

[79] Element arquitectònic que volta l'arc d'una porta, finestra...

Comentari 4 (Capítols VII i IX)

1. Busqueu elements premonitoris, és a dir, que anticipin alguna cosa futura, en el capítol VII.

2. A què i a qui atribueix Fineta, al capítol VII, el canvi d'actitud de Josafat?

3. Quins elements temàtics i estilístics configuren el clima de terror que predomina en el capítol VIII?

4. Per què, en el capítol VIII, el narrador dedica tant espai a la introspecció, a l'anàlisi psicològica de Josafat?

5. Què creieu que simbolitza la ponentada? I la pluja? Busqueu més elements simbòlics als capítols VIII i IX.

6. Busqueu qualificatius per definir l'estat físic i mental en què es troba Josafat mentre intenta treure's de sobre el cadàver de Fineta.

7. Com interpreteu el final de la novel·la?

APÈNDIX

VOCABULARI

[1]

Hem inclòs en aquest vocabulari tant paraules que ja s'han explicat a les notes però que, en tornar a aparèixer, poden oferir dificultats a un alumne mitjà, com paraules que poden suscitar dubtes en alumnes que no dominin gaire la nostra llengua.

Abís. Abisme, precipici.
Abrusar. Cremar.
Absis. Part semicircular d'una església que sobresurt de la façana posterior.
Aclaparar. Aixafar, impressionar.
Acotar. Abaixar.
Àdhuc. Fins i tot.
Adjuva. Puntal de pedra.
Afalac. Adulació, carícia.
Albirar. Entreveure.
Amatent. Ràpid, diligent.
Amidar. Prendre la mida.
Ampit. Part inferior del marc d'una finestra per a recolzar-s'hi.
Apar. *arc.* Sembla.
Aram. Coure.
Arborar. Encendre, acalorar.
Arraulit, -ida. Ajupit.
Arrecerar. Posar a recer, a l'abric.
Atapeir. Comprimir, omplir del tot.
Atura. *loc.* Gos d'atura: gos per a guiar un ramat.
Bacant. En la mitologia clàssica, dona que celebrava les festes de Bacus, déu del vi, lliurant-se a excessos alcohòlics i sexuals.

Bagassa. Prostituta, meuca.
Bandó. Banda de cabells al costat del front.
Baptismal. Relatiu al baptisme. *loc.* Capella baptismal: sala on se celebren els bateigs.
Barrar. Tancar.
Basarda. Feredat, por.
Batallada. Cop de batall, campanada.
Bec. Punta, broc per a abocar l'oli.
Bleix. Respiració agitada.
Bleixar. Alenar amb agitació, amb fatiga.
Bordell. Casa de prostitució.
Brandar. Tocar (una campana), fer oscil·lar.
Braser. Recipient que conté brases enceses que serveix per a escalfar l'ambient.
Brunyir. Abrillantar.
Brunzir. Fer remor en tallar l'aire.
Buidor. Espai buit.
Caire. Aresta, angle, cantell.
Cancell. Vestíbul, clos davant l'entrada.
Carreu. Pedra tallada per a la construcció.
Catau. Cau, amagatall.
Cegat, -ada. Tapat, clos.
Celístia. Claror dels estels.
Cel·la. Habitació d'un monjo en un convent o d'un pres a la presó.
Colgar. Cobrir.
Commòs, -osa. Commogut.
Concubinatge. Cohabitació entre un home i una dona no casats.
Concupiscència. Apetit desordenat de plaers sensuals.
Conhort. Consol.
Consirós. Capficat, preocupat.
Contorbar. Torbar, inquietar.
Contrapetja. Part vertical d'un graó.
Corc. Larves d'insecte que roseguen la fusta.
Deixatar. Disgregar.
Emmenar-se. Emportar-se.
Ennuegar-se. Tenir dificultat de respirar, escanyussar-se.
Ensumar. Olorar, flairar.
Entortolligar-se. Corbar-se formant cercles entorn d'alguna cosa.
Esbiaixar. Tòrcer, formar una línia obliqua.
Esblaimat, -ada. Pàl·lid.
Esborronar. Horroritzar.

Esbrinar. Observar minuciosament.
Escambell. Seient sense braços ni respatller.
Escarpra. Barra de ferro amb un extrem incisiu que serveix per a treballar la pedra i fer-hi forats colpejant l'altre extrem amb un martell.
Esfereir. Espantar.
Esgarrifar. Fer estremir, horripilar.
Esglai. Espant, ensurt.
Esguard. Mirada.
Espaordidor, -a. Espantós.
Espaordir. Fer horror, horroritzar.
Esparver. Nom de diferents espècies d'ocells de presa.
Esqueixar. Esquinçar, partir un cos fibrós.
Estimbar. Fer caure daltabaix.
Estora. Peça (feta d'espart, joncs...) destinada a cobrir el paviment.
Esvair. Dissipar.
Extremitud. Convulsió, espasme.
Faç. Cara.
Fardell. Roba o altres objectes dins un embolcall, farcell.
Feixuc, -uga. Pesat.
Feréstec, -ega. Salvatge.
Fetor. Pudor.
Fitar. Mirar fixament.
Flairar. Olorar, fer olor.
Flonjo, -a. Tou, suau.
Foll, -a. Boig.
Follia. Bogeria.
Foragitar. Expulsar, fer fora.
Forrellat. Barreta de ferro que tanca una porta.
Fressosament. Amb fressa, amb soroll.
Frisar. Impacientar-se.
Fruir. Gaudir.
Gàrgola. Canal sortint per on vessa l'aigua d'una teulada.
Gebrar. Gelar-se la rosada.
Gorja. Part anterior del coll.
Gresol. Vas petit de material refractari usat per a fondre o calcinar.
Grinyol. Crit de dolor del gos; soroll que s'hi assembla.
Isolar. Aïllar.
Jaspi. Varietat del quars, opaca, de vetes i pics de colors variats.
Lascívia. Els plaers carnals, sexuals.

Lassar. Cansar, fatigar.
Llàntia. Llum d'oli amb metxa.
Llevar-se. Treure's.
Llibant. Corda gruixuda.
Llumenera. Llum d'oli.
Luxúria. Apetit desordenat dels plaers sexuals.
Magresa. Flaquesa.
Maldar. Esforçar-se.
Masegar. Sotmetre a pressions, refrecs, cops.
Místic, -a. Relatiu o propici a l'èxtasi religiós.
Mustigat, -ada. Marcit, pansit.
Nimfa. En la mitologia clàssica, divinitats femenines que viuen en rius, boscos, prats...
Òliba. Ocell de presa nocturn.
Ombrívol, -a. Fosc, ombrós.
Oratge. Tempesta.
Parèixer. Semblar.
Parpellejar. Obrir i tancar els ulls. *fig.* Guspirejar.
Pataquejar. Donar patacades, cops forts.
Paüra. Paor, gran por.
Pila. Pica o recipient d'aigua beneïda o baptismal.
Pregon, -a. Profund.
Prosternar-se. Abaixar-se, agenollar-se en senyal de reverència.
Pruïja. Ganes vehements de fer una cosa.
Pudir. Fer pudor.
Reblert, -a. Farcit, ple.
Recança. Greu, remordiment.
Remembrança. Record.
Rínxol. Floc de cabells corbat en espiral.
Romandre. Quedar-se en un lloc.
Rosari. Rest de grans enfilats de deu en deu usat per a comptar avemaries.
Runa. Enderrocs.
Saltironar. Fer salts petits. *fig.* Jugar un infant.
Sanglotar. Plorar convulsivament.
Sentor. Olor.
Setrill. Gerret on es posa l'oli i el vinagre d'amanir.
Sina. Pitrera.
Sojorn. Lloc d'estada, estatge.
Somort, -a. Feble, esllanguit.
Sorollar. Fer soroll.
Sotrac. Cop, batzegada.
Tebior. Escalforeta suau.

Testa. Cap.
Trescar. Anar i venir afanyosament.
Trespeus. Cèrcol de ferro amb tres peus.
Trifori. Galeria que passa per sobre de les naus laterals.
Trontollar. Vacil·lar, moure's de resultes d'un sacseig, d'un moviment de vaivé, etcètera.
Verdet. Carbonat de coure, de color verdós.
Vinclar. Corbar una cosa flexible.
Vogar. Brandar, fer tocar.
Voluptat, voluptuositat. Complaença en els delits sensuals.
Xiuxiuejar. Parlar baixet.

MORFOLOGIA I LÈXIC

Tot i que la novel·la aparegué el 1906 i és, per tant, anterior a les normes gramaticals de l'Institut d'Estudis Catalans, posteriorment, el mateix autor revisà el text i l'adequà al model oficial, de manera que, en la seva forma definitiva, la novel·la es cenyeix al català normatiu d'origen noucentista.

Enumerarem tot seguit algun dels aspectes més representatius del llenguatge a *Josafat*.

[**2**] L'adjectiu

L'abundància d'adjectius, que en qualsevol text sol indicar un grau elevat d'elaboració literària, és un dels trets estilístics més destacats de *Josafat*. En aquest aspecte, com en molts altres, *Josafat* és una obra molt treballada, amb un tractament poètic del llenguatge (adjectius, ritme, figures literàries) considerable.

Prudenci Bertrana dóna a l'adjectiu, a part de la descriptiva, dues funcions bàsiques:

— conformar un ambient misteriós i sinistre (adjectius ambientals);

— intensificar l'atmosfera eròtica que envolta una bona part dels episodis de l'obra (adjectius sensuals).

[**3**] Adjectius ambientals

Només cal triar un fragment de la novel·la per veure l'efecte suggestiu que obté l'autor amb l'ús sistemàtic d'aquests elements:

S'entra en un espai ***estret*** *i* ***llarg****, de forma* ***trapezoïdal, estrany*** *i* ***misteriós.*** *Una llum de celístia* ***trista*** *i* ***somorta*** *davalla per un finestral* ***cegat*** *fins a dalt, on vidres* ***polsosos,*** *de colors, tapen una* ***esquifida*** *finestreta.*

La funció d'aquests adjectius, alguns molt repetits al llarg de l'obra, és importantíssima. Amb ells, Bertrana configura l'atmosfera de foscor, misteri, sordidesa i aïllament que traspua tota la novel·la.

Sovint, els adjectius apareixen davant del nom, on solen agafar encara més força expressiva: **aclaparadores** *muralles,* **tràgica** *quietud,* **ombrívols** *sojorns,* **tenebrosos** *dominis.*

De vegades els trobem aparellats: *objectes* **informes** *i* **polsosos**

I encara, aquí i allà, arriben a formar, entorn del nom, grups de tres i de quatre adjectius: **feixugues** *pedres* **arrodonides** *i* **foradades.**.

[**4**] Adjectius sensuals

Amb aquests adjectius, tan importants i suggestionadors com els del grup anterior, Bertrana intensifica el contingut eròtic de la novel·la, accentuant-ne sobretot els aspectes maltissos, perversos: *curiositat* **voluptuosa,** *carn* **blanca** *i* **cobejosa,** *gorja* **flexible** *i* **excitant,** *pruïges* **satàniques,** *llavis* **sedents** *i* **lúbrics,** *actitud* **impúdica,** *aberracions* **delirants, furients** *carícies, abraçades immensament* **lascives**...

[**5**] El verb

Al començament de la novel·la, els verbs són en present:

*Al campanar de Santa Maria s'***entra** *per la capella baptismal.*

Per allí **trafiqueja** *un home jovenàs.*

Bruscament, però, el narrador canvia el present pel passat:

*Aquest home es **deia** Josafat.*

I a partir d'aquí tota la història és narrada en passat. Ho podem considerar com una incongruència curiosa, com una petita badada de l'autor. És veritat que el tipus de descripció inicial (estil càmera subjectiva) exigeix el present. Tanmateix, no és gaire lògic, tenint en compte el final de la història (una història passada) que ens parli en present de Josafat.

Ja dintre la narració en passat observem que els temps predominants són:

— el pretèrit imperfet: *Josafat **era** un brau;*

— i el pretèrit perfect en forma simple: *Josafat **s'esverà**, i atabalat, inquiet, **corregué** a la porta de la capella i **mirà** a l'església.*

L'ús d'un o altre ve determinat, és clar, per l'aspecte verbal de l'acció narrada: l'aspecte duratiu requereix l'imperfet i l'aspecte perfectiu el perfet.

Els verbs acumulats en un període solen reforçar el dinamisme, la mobilitat de l'acció:

*Això **pensava** dir-li tot seguit, **aprofitant** el sedassejar impertinent de Fineta, que **anava** i **venia mirant** i **observant** totes les coses, tot **gronxant-se** al compàs d'una cançoneta.*

Com en el cas dels adjectius, encara que de manera menys pronunciada, també hi ha un grup de verbs, força repetits, que contribueixen a configurar el marc sinistre (*espaordir, esfereir, esborronar, horroritzar*...) i un altre grup amb una càrrega sensual (*estremir-se, defallir, refregar-se, serpejar, petonejar*...).

[**6**] El substantiu

Entre els diversos grups de substantius presents a l'obra en remarcarem tres:

— els que fan referència als elements arquitectònics i objectes ambientals. Són freqüents les enumeracions d'aquests elements, acompanyats sovint d'adjectius, en les múltiples descripcions de la novel·la: *absis, nau, campanar, trifori, capella, carreu, galeries, passadissos, soterranis, teulades, golfes, llibant, banc, setial, tatxa, flabiol, gàrgola, golfes, llànties,* etc.;

— els substantius al·lusius al sexe: *concupiscència, bagassa, sentor, delit, voluptat, frisament, luxúria, aberració,* etc.;

— els substantius abstractes, sovint col·locats en enumeració:

Rosegat de ***mandra,*** *estremit de* ***misteri,*** *malalt de* ***soledat, silenci*** *i* ***penombra.***

Allí una santa ***pau,*** *una majestuosa* ***serenitat,*** *una grandiosa* ***calma*** *conhortaven el campaner.*

En general, podem dir que, pel que fa a adjectius, verbs i substantius, el llenguatge de la novel·la és molt ric.

[7] Dialectalismes

Tant en la morfologia com en el lèxic, la llengua a *Josafat* segueix, després de les esmenes fetes pel mateix autor, el model estàndard literari. La presència de dialectalismes és molt escassa. A part d'uns pocs que utilitza el narrador, i que potser caldria considerar més com a arcaismes (*aprés, nin, amar*...), la resta de formes dialectals apareixen en els diàlegs, en boca de Josafat, Pepona i el seu oncle. És a dir, dels personatges que procedeixen de la muntanya, del món rural.

Trobem, a part d'altres modismes i frases fetes [10, 11], expressions com: *Déu te* ***gord;*** ***S'és trasmudada*** *tota; Jo* ***pla*** *t'hauria coneguda!; Fóscara.*

I també l'adverbi *ací* i el demostratiu *aqueixa.*

Bertrana empra eficaçment, amb comptagotes, el recurs del dialectalisme, amb el qual aconsegueix remarcar el caràcter rural d'uns personatges determinats.

[8] Augmentatius i diminutius

El narrador utilitza els augmentatius per intensificar la sensació de grandesa en relació, sobretot, amb Josafat i el seu entorn: *braseràs, manasses, un home* ***jovenàs,*** *homenàs.*

La mateixa funció acompleixen els superlatius (***altíssima*** *obertura*) o determinats adjectius (*enorme, colossal, ciclopi*...).

També el nom de *Pepona* pot ser considerat com a augmentatiu-despectiu: és amb ella, l'antiga porquerola, que Josafat pretenia al principi establir relacions.

En contrast amb els augmentatius trobem que els altres personatges, encara que només apareguin fugaçment, són empetitits amb diminutius: *vellet, escolanet, jovenets, capellanet.*

I, entre tots els personatges, d'una manera especial, *Fineta: caparró, nasset, peuets.*

No cal dir que aquest contrast entre augmentatius i diminutius, des d'un punt de vista tècnic, és molt eficaç i serveix per a acabar de singularitzar i aïllar Josafat.

Finalment, hem d'observar que el nom Fineta és diminutiu de Josefina, de la mateixa manera que, com hem remarcat, Pepona n'és un augmentatiu. ¿Caldrà afegir que Josefina és femení de Josep i que aquest nom deriva, etimològicament, de Josafat?

[**9**] Vulgarismes i cultismes

També en aquest aspecte *Josafat* és una novel·la de contrastos, ja que a cada capítol els vulgarismes es barregen amb expressions cultes.

Dels primers podem dir que eren característics del tipus de llenguatge que s'anomenà, per la seva rudesa i la seva aspror, *català mascle.* Pertanyerien a aquest registre mots com: *ensumar, fetor, bagassa, masegar, rebregar, carnassa, gitada, matxucar, bravades, amorrar...*

Al costat d'aquest tipus de lèxic, però, ens trobem amb cultismes i expressions del més fi estil noucentista: *avenir, romandre, àdhuc, esdevenir, eixir, llur, remembrances, cercar, parèixer...*

[**10**] Locucions

Les locucions i frases fetes, pròpies de la parla col·loquial, no són gaire abundants a *Josafat.* La raó principal és que els diàlegs, que és on apareixen més aquests elements estilístics, són també força escassos.

Trobem algunes locucions: *del lluny del lluny, de bona refè, malviatge Judes, a plens pulmons, de cop i volta, com si tal cosa...*

SINTAXI

[11] Frases fetes

La funció de les frases fetes, com la de les locucions, és donar més vivesa i expressivitat al discurs directe. Per això, en el cas de *Josafat,* només les trobem en els diàlegs o quan es tracta de reproduir el pensament del protagonista:

Si ara fos!
Conserveu-vos-hi bo.
Llamp me mati; o *llamp t'esquerdi.*
Tira peixet!
Xafar falgueres (amb el significat de fer l'amor al bosc).

[12] Exclamacions i interrogacions

Les exclamacions permeten transmetre d'una manera simple i directa determinats estats d'ànim dels personatges. Bertrana, conscient de les possibilitats d'aquest recurs, l'utilitza amb freqüència en una obra que, precisament, es proposa impactar el lector amb els conflictes emocionals de les seves criatures.

De vegades es tracta de simples interjeccions: *Oh!; Uf!; Oh, no!; Mai!*

Amb les exclamacions s'expressen sentiments diversos:

— la ira: *Ah, púrria descreguda, gitada indesitjable de l'infern!;*
— el desig: *Quin home, el campaner! Quina voluptuositat més nova prometia! Seria tan terrible el seu amor!;*
— la passió: *Oh, gràcies! T'estimo més que mai, Josafat! T'estimo! T'estimaré sempre!;*
— el penediment: *I com havia caigut altra vegada!*

Pel que fa a les frases interrogatives, algunes vegades es troben enmig de la narració, en tercera persona, i solen remarcar la incertesa, el neguit, la confusió interna de Josafat:

Què havia passat? Què havia fet? Què succeiria?

[**13**] Punts suspensius

Els punts suspensius serveixen per a marcar frases inacabades, sobretot, és clar, en el discurs directe. També és un recurs molt senzill i eficaç. S'hi pot expressar, entre altres coses:

— l'engany, la ironia, la burla: *Serveixo... a estones, saps? És la... senyora Fineta;*

— la confusió, el nerviosisme: *Què li direu... què... a l'oncle?;*

— la insinuació i la súplica: *T'espero; vine... vine...; Josafat...*

[**14**] Oració simple

Bertrana, pel que fa a la sintaxi, defuig els extrems. Normalment tendeix a construir períodes normals, d'una extensió mitjana, ni molt elementals ni molt complexos. Només en algun fragment podem trobar successions d'oracions simples:

Passaren dies. Una tarda Josafat mig dormia en el seu banc. El silenci era pregon. La fosca s'ensenyoria de la gran nau deserta; les llànties brillaven en les capelles. [...] *Dins el campanar regnava el crepuscle.*

[**15**] Juxtaposició

Les sèries de dues o més oracions juxtaposades són un dels trets estilístics més freqüents en la sintaxi de Bertrana. N'hi ha gairebé a cada pàgina:

Semblava admirar la seva corpulència, analitzar la sang que li acoloria el rostre, estudiar la febrositat dels seus moviments inharmònics.

Sentí el xisclar de les òlibes; pressentí l'abís que la xuclava; les aus nocturnes, arran del seu cap, passaren lentes, movent llurs ales silencioses; sota els seus peus naixien cruiximents misteriosos.

L'exemple més notori de juxtaposició el podem trobar en

l'últim paràgraf del darrer capítol, un dels fragments més elaborats i suggestius de la novel·la.

[**16**] Coordinació

Sovint les frases són coordinades (copulatives i adversatives sobretot), normalment de dos en dos. Bertrana no allarga gaire les coordinacions, i difícilment podríem trobar exemples de polisíndeton o coordinació múltiple com el que reproduïm:

Després, tots dos es reviscolaren, ***i*** *la bagassa* [...] *volava lluny, molt lluny,* ***i*** *des d'allà li signava adéu, cloent* ***i*** *descloent els seus dits enjoiats;* ***i*** *ell* [...] *corria a cercar el seu flabiol.*

[**17**] Subordinació

A *Josafat,* com a qualsevol novel·la, podem trobar exemples de tots els tipus d'oracions subordinades. Però ja hem remarcat que Bertrana, quant a la sintaxi, defuig tant la simplicitat telegràfica com l'extrema dilatació, per la qual cosa podem dir que són ben escassos els llargs períodes construïts, com el següent, amb moltes oracions subordinades:

Sempre havia sentit insans desigs de viure la vida d'aquella desgraciada, reclosa en el tronc d'un arbre, alimentada per les mans del simi, sentint sobre la seva nuesa el pelut contacte de l'animal feréstec, rebent de continu abraçades immensament lascives acompanyades de crits estridents d'un plaer ferotge que no es cansa ni se sacia.

RECURSOS LITERARIS

[**18**]

D'acord amb els models de la novel·la simbòlica modernista, Prudenci Bertrana sotmet el llenguatge a un grau d'elaboració literària tan intens que sovint s'acosta a l'escriptura poètica. Un bon exemple seria el minuciós treball amb els adjectius, punt que ja hem estudiat en un apartat anterior. No cal dir que, en aquest treball estilístic, les figures literàries hi tenen un paper destacat. Tot seguit enumerarem les més importants dins la novel·la.

[**19**] La comparació

La comparació és el recurs més utilitzat al llarg de la novel·la. El terme literal A i l'equivalent figurat B (A s'assembla a B) són relacionats pels nexes *com* i *sembla*, que són els més habituals, i també, més rarament, per *igual que* i *talment* i l'arcaisme *apar*.

Com l'adjectivació, la comparació és a *Josafat* un element suggestiu amb l'ús del qual el narrador pretén, més que trobar una semblança precisa per a un objecte descrit, crear un estat d'ànim en el lector, transmetre sensacions diverses —objectius que són propis de l'escriptura poètica.

Així, per exemple, els dominis del campaner, que els adjectius ja ens havien fet veure com a espai sòrdid i lúgubre, esdevenen encara més enigmàtics gràcies a la comparació, que els dóna una aura de llocs irreals, voltats de presències extraordinàries:

Regna allí un gran silenci, com el que deu regnar en els espais siderals.

(Els sons del rellotge se senten) *com el pas feixuc del temps dins les tenebres del no-res.*

(Josafat percep sobre l'església) *com el batre d'unes ales monstruoses.*

[**20**] Comparacions aplicades a Josafat i Fineta

La majoria de les comparacions fan referència als dos personatges principals de la novel·la. Bertrana, amb aquest recurs, va teixint una complexa xarxa d'equivalències, referències i al·lusions que contribueixen a enriquir la vasta càrrega simbòlica de l'obra, plena de significats latents i susceptible, com les grans obres literàries, de moltes interpretacions diverses.

El protagonista, per exemple, és successivament comparat a *un* **brau**, a *una* **fera** *engabiada*, a *un* **lleó** *que ensuma la femella a través d'una reixa*, a *una* **salvatgina** *que viu segura al seu catau inaccessible*, a *un* **simi** i *un* **orangutan**; també se'ns diu que té el pèl *aspre i estarrufat com les pues d'un* **porc espí** i que viu en una cambra *suspesa com un niu de* **miloques** *sobre el precipici.*

Aquestes comparacions, estratègicament situades al llarg de l'obra, accentuen la bestialitat de Josafat tot destacant-ne la força, l'aïllament i la potència sexual. A més, és un individu que veiem roncar de desig i udolar de plaer, i balbuceja més que parla. Josafat és una bèstia solitària, esquerpa i reprimida.

Bertrana també té molta cura a establir, aquí i allà, similituds amb figures mitològiques o literàries adequades al tarannà del campaner:

> *Tenia llevat de faune en la seva naturalesa; com el déu Pan, enamorat d'una nimfa esvaïda, tocava melangiosament la flauta.*

Quan ensenya la seva cambra a les bagasses, sent *una satisfacció de gnom que ofereix hostatge a unes nimfes.*

En un altre lloc és anomenat un *esquerp sàtir.* I també un *gegant fanàtic* (la qual cosa encaixa amb la descripció que fa, al capítol primer, de l'entrada als seus dominis com una cova).

Cal remarcar, finalment, l'al·lusió al mite de la dona robada per l'orangutan, que Bertrana tingué ben present en imaginar les relacions entre Josafat i Fineta. La novel·la, vista així, és una variant més del famós mite de la bella i la bèstia.

Però, a més d'aquestes similituds explícites, n'hi ha d'altres d'implícites, igualment riques en connotacions.

En primer lloc, Josafat té un claríssim precedent en Quasimodo, el campaner monstruós i geperut de la novel·la de Victor Hugo *Notre-Dame de Paris.* Quasimodo s'enamora d'una noieta a qui acull en els seus dominis i s'enfronta a la multitud irada.

En segon lloc, més remota i vaga, tenim l'al·lusió al mite del monstre i el laberint, esbossada amb la comparació del *brau* i amb la insistència amb l'adjectiu *laberíntic* (*laberíntiques tenebres, estretors laberíntiques*).

Quant a Fineta, les comparacions suggereixen també la seva bestialitat. Però no és la bèstia corpulenta i primària, sinó més aviat l'animal malèfic, astut, verinós i amb connotacions diabòliques. Així, la seva figura s'associa a la del gat (és flexible, indolent, té les pupil·les clares, es contorsiona i vincla contínuament i, fins i tot, quan s'excita sexualment, els cabells de la nuca se li ericen i ronca), i a la de la serp (les seves mirades són *fiblades horribles*: i Josafat, quan vol matar-la, busca un estri per *esclafar d'un sol cop aquell cap d'escurçó*).

També és molt eficaç i expressiva, en el context on es troba, la comparació amb la hiena. Fineta, després de satisfer els seus desigs amb Josafat, *s'aquietà com una hiena farta de carnassa, emperesida per la digestió lenta del seu macabre festí.*

I encara, per acabar, trobem les al·lusions diabòliques, que ens acaben de mostrar, directament o indirecta, Fineta com una criatura infernal:

(Tenia) *una terrible cabellera rossa, crespa i onejant com les flames d'una foguera.*
Xuclava l'esguard com un abisme de deshonestedat.
(Era) *subtil com un mal esperit.*

[**21**] Anàfora, paral·lelisme i enumeració

Aquests són tres recursos que Bertrana utilitza sistemàticament, i que afecten sobretot la composició dels paràgrafs.

L'*anàfora*, o repetició del mot inicial de cada frase, i el paral·lelisme, o successió de frases amb la mateixa estructura, apareixen sempre junts:

Bo era que fes sortir del temple els galantejadors de devotes; bo era que [...] *allunyés els mofetes atrevits* [...]; *bo era que obligués a descobrir-se els descarats.*

Seus eren tots els espais dissimulats en la gruixària de la grossa muralla; seves eren les amples golfes de la nau [...]; *seu l'interior d'una torre* [...]; *seu el llarg trifori; seus eren, també, els tres compartiments del campanar...*

L'*enumeració* consisteix, simplement, a juxtaposar sintagmes formant sèries:

Dents que feien pensar en gelositats amoroses, en besades cruels i en pruïges satàniques.

Indiferent al xisclar de les òlibes, a les buidors negres i als veïnatges sepulcrals.

Són característiques de *Josafat* les enumeracions d'elements arquitectònics i objectes relacionats amb l'església. En trobem sobretot als capítols I i IV.

[**22**] Altres recursos

Entre la resta de recursos que trobem a la novel·la destacarem els següents:

— Les *sinestèsies* i *associacions insòlites* de mots, recurs, com molts altres, típic de la poesia:

El seu cos rosegat de mandra, estremit de misteri, malalt de soledat, silenci i penombra.
(El) *foc verdós de les nines* (de Fineta).

El valor poètic d'alguna d'aquestes associacions és indiscutible. Per exemple, quan Josafat obrí el temple i el narrador ens diu que *una* ***glopada d'alba*** *entrà subtil i flairosa.*

— Els *mots amb càrrega metafòrica* o figurada:

Era tan violent el desig que ***serpejava*** *a les seves entranyes!*

—Les *personificacions:*

El pany ***gemegà***
Tota l'església llançava melangioses queixes, llastimosos sospirs
La ponentada continuava llepant amb la seva llengua folla la grandiosa església

—L'*al·literació,* la repetició d'un so o de sons semblants, un altre recurs de gran eficàcia poètica, és també molt freqüent:

*L**aber**int d**e** t**e**n**ebr**es.*
(La caixa de l'escala és) ***p**lena **d**e fe**t**or de to**mb**a.*
*El **g**lu-**g**lu de les **g**àr**g**oles.*

La voluntat d'acostar-se a l'escriptura poètica per part de Bertrana és tan manifesta que fins arribem a trobar, intercalats entre la seva prosa, segments de mots que, per les síl·labes, el ritme i la sonoritat, constitueixen versos magnífics i perfectes, com per exemple els següents decasíl·labs:

Glopades de grisor esmorteïda.
Tot un deliri d'amor inhumà.
I el cos fou engolit pel negre espai.

— La *concentració de múltiples recursos* en una sola expressió.

Fixem-nos en una frase com aquesta:

El ponent bruelava com una fera irada i venjadora.

Hi trobem, en efecte, una comparació, una personificació, una hipèrbole (o exageració) i, en el segon terme de la comparació, un altre bell decasíl·lab.

SUGGERIMENTS DE TREBALL

[**23**] L'època i l'obra de Prudenci Bertrana

◆ Seria interessant, si fos possible, preparar una visita a la catedral de Girona i veure *in situ* els llocs en què Bertrana s'inspirà.

◆ Descriviu, després d'informar-vos-en adequadament, la vida i l'ambient d'una ciutat com Girona al començament del segle XX: economia, política, religió, societat, cultura, etcètera. ¿És comprensible el rebombori que va provocar la publicació de *Josafat*? Per què?

◆◆ Intenteu formular, a partir de les oportunes consultes bibliogràfiques [30], les principals característiques del Modernisme i del Noucentisme. Quines semblances i diferències hi ha entre aquests dos moviments? Quins són els escriptors més representatius de l'un i de l'altre?

◆ Feu una llista de les obres de Prudenci Bertrana que hi hagi a la biblioteca del vostre centre i a les llibreries i biblioteques de la vostra ciutat o del vostre barri. Demaneu a bibliotecàries i llibreters si Bertrana és, actualment, un escriptor molt o poc llegit per la gent.

[**24**] Visió global de *Josafat*

◆◆ ¿Considereu que *Josafat* és una obra sacrílega i immoral? Organitzeu un debat entre els partidaris d'aquesta opinió i els qui opinin que no és certa. Argumenteu bé les vostres opinions.

◆◆ Llegiu i comenteu els següents textos crítics de Pere Farrés sobre *Josafat:*

a) *Josafat encarna l'individu incapaç de prendre un determini, el que es tanca en el seu món i rebutja la resta perquè no s'hi vol adaptar/sotmetre; però aquest tancament no resol el problema, sinó que l'agreuja perquè el converteix en obsessiu. D'aquí, una altra via de sortida: la follia, una follia precedida pel somni, per l'enyor, no tant d'una felicitat que va ser —que de fet no va ser— sinó de la que hauria de ser: és la via de l'impossible.*

b) *Es tracta d'un cas d'erotisme perfectament corrent i normal. El que potser el complica és l'escenari on l'acció transcorre, no menys que la catedral de Girona. Aquest escenari pren un relleu impressionant en l'obra de Bertrana. La catedral esdevé el primer personatge de la novel·la.*

◆ Intenteu dibuixar, a partir sobretot de les descripcions dels capítols I i IV, el, plànol de l'església on transcorre la novel·la i traceu els diversos itineraris, capítol a capítol.

◆◆ La novel·la consta de nou capítols. Podríeu agrupar-los en unitats superiors? ¿Trobem a *Josafat* l'estructura arquetípica de plantejament, nus i desenllaç? En cas afirmatiu, de quants capítols consta cada part?

◆ Feu un inventari dels personatges que apareixen a *Josafat* i dividiu la llista en personatges principals i secundaris.

◆ Cada personatge secundari ha de tenir una funció concreta. Així, l'al·lusió al republicà irreverent del primer capítol té la funció d'exemplaritzar l'agressivitat i la ira de Josafat. Mireu de formular la funció dels altres.

◆ Quant temps transcorre des del primer capítol fins al final de la novel·la? Hi ha salts cronològics? ¿En quines estacions de l'any transcorre l'acció? Té algun sentit o és del tot irrellevant?

◆◆ Feu una relació de les comparacions aplicades a Josafat i a Fineta al llarg dels capítols IV, V i VI. Quina funció tenen, en general? ¿L'obra perdria algun valor o significat, sense les comparacions?

◆◆ *Josafat* és plena d'elements simbòlics que enriqueixen el contingut de l'obra. Per exemple, l'escala del campanar, escenari de l'amor i de la mort. O, entre altres, els esparvers, la campana Bramamorts, el flabiol... Feu-ne una relació més completa i mireu d'interpretar els símbols.

◆◆ La novel·la és plena d'elements premonitoris, és a dir, d'episodis (de vegades simples frases) que anticipen alguna cosa que succeirà més endavant: l'oncle anuncia que Pepona anirà a veure Josafat, Fineta pressent la seva mort abans d'entrar al temple per última vegada, Josafat somnia que és jutjat, etcètera. Mireu de trobar més exemples de premonició i intenteu explicar quina funció tenen.

◆◆ L'obra és també plena d'accions repetides, paral·leles o contràries, que estableixen tot de lligams subtils al llarg de la novel·la, reforçant-ne l'organització estructural. Per exemple: Josafat toca la flauta, Josafat somnia, Josafat colpeja Fineta, Josafat abraça Fineta... Mireu de fer un esquema on reproduïu la xarxa d'aquestes accions repetides o antitètiques.

◆ Feu una relació dels temps verbals que apareixen a Josafat. Quins són els més freqüents?

◆◆ Descriviu un lloc tètric a l'estil de l'església de Santa Maria fent servir els mateixos recursos que Bertrana: adjectius[3], comparacions[19] i altres recursos estilístics [21, 22].

◆ Busqueu a *Josafat* un exemple de cada tipus d'oració subordinada adverbial: concessiva, causal, final, temporal...

◆◆ Segueix Josafat, al llarg de la novel·la, alguna mena d'evolució psicològica?

◆◆ Feu una valoració rigorosa i argumentada de l'obra. Quins aspectes trobeu més interessants i positius? Quins us semblen més negatius?

◆ Informeu-vos de les adaptacions teatrals o filmogràfiques que s'han fet de *Josafat.* Si les podeu veure, comenteu els encerts i els defectes que hi trobeu.

◆◆ Llegiu alguna altra obra modernista (com *Solitud* de Víctor Català, *Els sots feréstecs* de Raimon Caselles, *El comte Arnau* de Joan Maragall) i compareu-la amb *Josafat.* En què s'assemblen i en què es diferencien?

◆◆ Quins són els trets bàsics de la novel·la simbòlica modernista[26]? Busqueu un fragment on es puguin observar les característiques més importants del gènere.

◆ *Josafat* és una novel·la simbòlica modernista. ¿Com plantejaria la mateixa història un novel·lista realista del segle XIX? I un autor de novel·les psicològiques? I un de novel·les policíaques?

◆ El fet que Prudenci Bertrana fos pintor, ¿es nota en les seves descripcions? Fonamenteu les vostres observacions amb exemples concrets.

[**25**] Guia per al comentari de text

Us oferim a continuació un esquema de comentari de text per treballar aquells fragments de la novel·la que el professor cregui convenients.

— *Contextualització.* En primer lloc, cal situar el fragment en l'obra, resumir-lo i fixar el seu context argumental.

— *Punt de vista.* Aquest és un element molt important en tota obra narrativa. No es tracta només d'assenyalar que el fragment està narrat en primera o tercera persona, sinó que cal veure quin coneixement dels fets (total o parcial) té el narrador, si hi ha alguna distorsió o limitació perceptiva i com afecta tot això a l'assimilació de la història per part del lector.

— *Estructura del fragment.* Podem dividir-lo en parts?

— *Combinació de modalitats.* Cal veure com es distribueixen en el fragment la narració, la descripció, el diàleg i la introspecció, que són les quatre modalitats bàsiques que solen combinar els novel·listes. N'hi ha alguna de predominant? Quina funció hi té?

— *L'espai i el temps.* Aquí cal analitzar les dades referents al marc on transcorren els fets i qualsevol referència temporal. En una narració *tot* té un sentit i ha de tenir una funció. La tasca crítica consisteix a descobrir-los.

— *Personatges.* Quins personatges apareixen? Quin impacte té l'episodi que comenteu sobre ells?

— *Estil.* Deixem per al final l'estil, que en un comentari d'un poema seria primordial. En aquest apartat, més que procedir a una descripció gramatical del text, cal destacar sobretot aquells trets que tinguin un valor estilístic clar (com els recursos, el registre lingüístic utilitzat, etcètera).

LA NOVEL·LA *JOSAFAT*

[**26**] Novel·la simbòlica

Els sots feréstecs, Solitud i *Josafat* són els tres millors exponents de la novel·la simbòlica modernista, les característiques principals de la qual ja hem vist en un dels apartats introductoris. Recordem, aquí, que es tracta de novel·les escrites amb una peculiar escriptura poètica que combina els recursos més variats i una abundant adjectivació amb un llenguatge sovint rude i abrupte, que alguns crítics anomenaven *mascle.* Aquest estil busca, per damunt de la fidelitat, l'objectivitat o la precisió, submergir l'esperit del lector en la suggestió i el misteri.

Recordem també que l'esquema argumental bàsic de les novel·les simbòliques és el següent: un individu singular, desplaçat i solitari (símbol en part de l'artista modernista), és sotmès a una tensió màxima sota dos pols d'atracció oposats (que poden simbolitzar el Bé i el Mal, l'esperit i el cos, l'art i el materialisme, etcètera). El final de la lluita és sempre la desfeta de l'individu: la mort, la follia, la fugida.

[**27**] Punt de vista i tècnica narrativa

Josafat és escrit en tercera persona omniscient. El narrador coneix els actes i el pensament de tots els personatges: tant ens pot explicar què pensa Josafat com Fineta, tant pot seguir el campaner pel seu laberint obscur com les prostitutes fora del temple. Ho domina tot. El lector, guiat pel narrador omniscient, quasi diví, té un coneixement privilegiat de tot.

Al llarg de la novel·la hi ha un mesurat equilibri entre descripció, narració i introspecció. Totes les modalitats, dosificades a consciència, acompleixen la funció que els correspon: així, la descripció, molt treballada, predominant en els capítols inicials, ens introdueix molt eficaçment en l'ambient sinistre del temple; la narració de les accions és àgil, i la seva disposició molt ben travada, de manera que la novel·la manté un ritme i un interès constants; la introspecció, finalment, serveix per a conèixer els ressorts íntims dels dos protagonistes i possibilita, fins a un cert punt, que dos individus tan anormals com el campaner i la bagassa esdevinguin versemblants, creïbles per al lector.

El component més escàs és el diàleg. L'explicació és ben fàcil. Si el que Bertrana vol destacar de les relacions entre Josafat i Fineta és la deshumanització, la bestialitat, és lògic que prescindeixi del primer element humanitzador: la paraula, el diàleg, el discurs directe. En aquest sentit, val a recordar que Josafat, les poques vegades que parla, sembla que balbucegi com un infant, com un ésser primitiu.

[**28**] Estructura

Josafat segueix l'estructura trimembre clàssica: plantejament, nus i desenllaç. Amb la particularitat que cada una de les tres parts consta de tres capítols, la qual cosa accentua encara més l'escrupolosa voluntat d'estructura i equilibri que sembla dominar en tots els aspectes de l'obra.

En els primers tres capítols el narrador ens introdueix dins el marc (l'espai sagrat) i ens presenta el protagonista. Després de descriure'l físicament, ens informa de les dues passions que el dominen: la ira (al servei de la religió) i la luxúria (relacionada amb el pecat). El narrador prepara el terreny cap al conflicte principal (el xoc de les dues passions irreconciliables) amb la presentació de l'oncle, que introdueix Pepona, la qual introdueix Fineta. Un cop posats cara a cara Josafat (l'home esqueixat pel fanatisme religiós i la concupiscència) i Fineta (la pecadora depravada), el conflicte, en la seva variant més extrema, està servit.

Al llarg dels tres capítols centrals el narrador ens presenta les relacions entre Josafat i Fineta. Un dels molts mèrits de Bertrana és l'habilitat amb què ha aconseguit fer versemblant i fins necessària una cosa en principi tan inimaginable —però també tan plena d'interès narratiu— com que una meuca i un gegant fanàtic acabin fent l'amor dins un temple.

Mentre que Fineta és un personatge lineal, immutable, només caracteritzat pel furor sexual —clarament patològic—, Josafat oscil·la entre els dos pols del conflicte que el turmenta (la ira i la luxúria) fins que és lentament aconduït, a l'estil dels grans herois tràgics torturats per un dilema, a una situació límit, a un punt sense retorn, al detonant de la tragèdia. Al final del capítol VII es produeix el penediment i la confessió de Josafat: la religió ha vençut sobre el sexe profanador.

Notem també que, per a Josafat, el seu gran pecat no són les relacions sexuals amb Fineta, sinó el sacrilegi que comporta mantenir-les al temple. Fora de l'espai sagrat, el conflicte perdria tota la seva intensitat dramàtica.

En els últims tres capítols Josafat, novament temptat per Fineta, la colpeja mortalment (capítol VII), la remata (capítol VIII) i llança el cadàver fora del temple (capítol IX). Si en els capítols centrals dominava el sexe, els tres finals vénen marcats per la presència de la mort, el terror, les visions fantasmagòriques, la por que el cadàver sigui descobert i el tragí amunt i avall amb el sac a l'esquena. Josafat sap que per voler evitar el pecat ha esdevingut un criminal i intueix que tard o d'hora n'haurà de pagar les conseqüències. Té por també que Fineta, que ell veu com una criatura diabòlica, ressusciti o se li aparegui en forma d'espectre. Per ambdós motius vol deslliurar-se definitivament del cadàver.

Aquests temors, sumats a l'extenuació i a la tensió suportada durant tants dies, expliquen la follia final, magníficament suggerida amb la descripció *visual* dels sons del flabiol.

[**29**] Elements simbòlics

Els estudis crítics sobre *Josafat* han destacat repetidament la importància que tenen en la novel·la els elements simbòlics.

Per començar, el mateix argument, amb els seus personatges, pot ser interpretat en clau simbòlica com a al·legoria de la destrucció de l'individu (segons com, del mateix artista modernista), com la història del guardià del temple o el monstre del laberint que acaba anihilant la criatura diabòlica, l'intrús amenaçador, com una variant més del mite de la bella i la bèstia, o fins i tot com una variant del tema del pecat original (l'home sol, la presència femenina, el pecat, el baptisme), etcètera. Una lectura no invalida l'altra: l'ambigüitat i la polivalència són inherents al símbol.

L'obra, a més del seu valor simbòlic global, està farcida d'elements que el lector intueix carregats de significacions ocultes, difícilment racionalitzables, i que podem considerar símbols:

— el flabiol, lligam amb la natura i el passat de Josafat, evocador d'imatges pastorils, instrument de la nostàlgia, al·ludit al primer capítol i a l'últim paràgraf de la novel·la...

— el campanar, lloc on Josafat acompleix el seu ofici sacre; suggeridor, per la seva forma fàl·lica, de la seva gran potència sexual (la sinistra escala del campanar és l'escenari de l'amor) i, per la seva «fetor de tomba», del no-res i la mort (Josafat mata Fineta al peu de l'escala);

— el mateix temple, que arriba a produir una sensació claustrofòbica en el lector i que, en alguns episodis, agafa una dimensió metafísica;

— la ponentada, vista com un monstre malèfic que vol venjar Fineta i que lluita contra la mola de la catedral, que sembla protegir Josafat; el conflicte entre els dos personatges, ampliat d'aquesta manera, adquireix ressonàncies còsmiques;

— els esparvers i el seu altar de sacrificis: entre altres coses, interpretable com una àcida burla de la missa;

— i a més, altres símbols com els ulls de Déu i la capella del Santíssim, les hòsties profanades, els contrapesos del campanar, els laberints, la pluja baptismal, els anells de Fineta, el mateix nom de Josafat («Déu jutja»), etcètera.

BIBLIOGRAFIA

[**30**]

BERTRANA, A.: «Prudenci Bertrana i la seva obra», pròleg a Prudenci Bertrana: *Obres completes.* Barcelona, Selecta, 1965.

CASTELLANOS, J.: «La novel·la modernista», dins *Història de la literatura catalana* dirigida per M. Riquer, A. Comas i J. Molas, vol. VIII. Barcelona, Ariel, 1986.

FARRÉS, P.: *«Josafat» de Prudenci Bertrana.* Barcelona, Empúries, 1985.

FUSTER, J.: *Literatura catalana contemporània.* Barcelona, Curial, 1988.

GUANSÉ, D.: «La vida i l'obra de Prudenci Bertrana», a *Revista de Catalunya,* V, 1926, pp. 472-481.

JULIÀ, M. LL.: «L'espai: principal element simbòlic a *Josafat*», a *Els Marges,* 34, maig 1986.

MARFANY, J. LL.: «Els greuges de Prudenci Bertrana», dins *Aspectes del Modernisme.* Barcelona, Curial, 1975.

SULLÀ, E.: Pròleg a Prudenci Bertrana: *Josafat.* Barcelona, Edicions 62, 1971.

TRIADÚ, J.: Pròleg a *Prudenci Bertrana per ell mateix.* Barcelona, Edicions 62, 1967.

VALLÈS, E.: *Història gràfica de la Catalunya contemporània.* Barcelona, Edicions 62, 1981.

YATES, A.: *Una generació sense novel·la?* Barcelona, Edicions 62, 1975.

[**31**] Obres de Prudenci Bertrana

1906	*Josafat*
1907	*Nàufrags* (novel·la)
1907	*Crisàlides* (narracions)
1910	*La locura de Álvarez de Castro* (pamflet escrit en col·laboració amb Diego Ruiz)
1911	*Proses bàrbares* (narracions)
1915	*La lloca de la vídua i altres contes*
1917	*Enyorada solitud* (teatre)
1920	*Els herois* (contes)
1921	*Les ales d'Ernestina* (teatre)

1923	*El meu amic Pellini i altres contes*
1924	*La dona neta* (teatre)
1925	*Jo! Memòries d'un metge filòsof* (novel·la)
1929	*Tieta Claudina* (novel·la)
1932	*L'ós benemèrit i altres bèsties* (contes)
1932	*El comiat de Teresa* (teatre)
1933	*El fantasma de Montcorb* (teatre)
1934	*Els aprensius* (teatre)
1934	*Josep II, rei* (teatre)
1936	*Impromtus* (crítica teatral)
1931-1939	Trilogia novel·lística *Entre la terra i els núvols: L'hereu* (1931), *El vagabund* (1933) i *L'impenitent* (publicada el 1948).
1935	*L'illa perduda,* novel·la escrita amb la seva filla Aurora Bertrana.
1965	Publicació de les seves *Obres completes.*

CRONOLOGIA

ANY	VIDA I OBRA DE PRUDENCI BERTRANA	FETS CULTURALS	FETS HISTÒRICS
1867	Neix a Tordera (la Selva), fill d'un propietari rural d'ideologia carlina.		
1872	Durant la tercera carlinada, la família segueix les forces del general carlí Savalls per la Garrotxa, el Ripollès i la Cerdanya.		Tercera guerra carlina, que durarà fins al 1876, i que té com a principals escenaris el País Basc, Navarra i Catalunya
1876	La família s'instal·la a Girona, on el futur escriptor estudiarà batxillerat. Passarà els estius al Mas Espriu, prop de Santa Coloma de Farners.		
1877		Verdaguer, amb *L'Atlàntida,* guanya un premi extraordinari als Jocs Florals.	
1882		*La papallona,* de Narcís Oller.	
1885	Per indicació del pare, comença a Barcelona els estudis d'enginyeria.	*Canigó,* de Jacint Verdaguer. *Germinal,* d'Émile Zola.	Memorial de Greuges.

1886	Deixa els estudis i es matricula a la Llotja. Vol ser pintor.	*Escenes barcelonines*, d'Emili Vilanova.	
1890	Torna a Girona i es casa amb Neus Salazar. Es guanya la vida com a professor de dibuix i pintura i com a pintor d'encàrrec (retrats, paisatges...).	Volum I de *La febre d'or,* de Narcís Oller. Estrena de *L'intruse,* de M. Maeterlinck.	
1892	Participa en una exposició de pintors a Sant Feliu de Guíxols.	*La tradició catalana,* de J. Torras i Bages.	Bases de Manresa.
1897		*Terra baixa,* d'A. Guimerà.	
1899	Comença a decantar-se cap a la literatura i el periodisme. El seu pensament polític s'acosta al catalanisme i al republicanisme.	*La bogeria,* de Narcís Oller.	
1901		*Els sots feréstecs* de Raimon Casellas.	Fundació de la Lliga Regionalista.
1902	Entra a la redacció de la revista gironina *Vida.* També es relaciona amb els redactors de *L'enderroch,* representants del Modernisme gironí (Xavier Montsalvatge, Carles Rahola, Miquel de Palol...)	Víctor Català publica *Drames rurals.* *La voluntad,* d'Azorín. *Sonata de otoño,* de R. M. del Valle-Inclán.	Comença el regnat d'Alfons XIII. Vaga general a Barcelona.

ANY	VIDA I OBRA DE PRUDENCI BERTRANA	FETS CULTURALS	FETS HISTÒRICS
1903		*La punyalada* de Marià Vayreda.	
1904		*Marines i boscatges* de Joaquim Ruyra.	
1905		*Solitud,* de Víctor Català.	
1906	Publica *Josafat.*	*Pilar Prim* de Narcís Oller. Eugeni d'Ors comença a publicar a *La Veu de Catalunya* el seu *Glosari.*	Moviment de la Solidaritat Catalana. *La nacionalitat catalana* d'E. Prat de la Riba.
1907	Guanya, amb *Nàufrags,* el premi de novel·la organitzat pel diari barceloní *El poble català.*	*L'auca del senyor Esteve* de S. Rusiñol. *Aigües encantades* de Joan Puig i Ferrater.	
1908	Una conferència que fa a Barcelona, titulada *De les belleses de la Natura i del meu goig,* serveix de punt d'arrencada per a l'obra *Proses bàrbares,* que publicarà el 1911.	*La muntanya d'ametistes* de Guerau de Liost.	

1910	Prudenci Bertrana torna a ser centre de les ires gironines per la publicació del pamflet, escrit en col·laboració amb Diego Ruiz, *La locura del general Álvarez de Castro.*		
1911	És assidu col·laborador de la revista satírica barcelonina *L'Esquella de la Torratxa.* Dirigeix la revista local *Ciudadanía;* per permetre-hi la publicació d'un article antimilitarista és empresonat durant uns dies.	Mor Joan Maragall. *La Ben Plantada,* d'Eugeni d'Ors. El Noucentisme s'imposa definitivament sobre el Modernisme.	Fundació de la CNT.
1912	Trasllat de la família a Barcelona, dirigeix *L'Esquella de la Torratxa* i torna a fer classes de dibuix i pintura.	*La vida i la mort de Jordi Fraginals* de Josep Pous i Pagès.	
1914			Mancomunitat de Catalunya.
1915	Publica *La lloca de la vídua,* recull de contes.		
1917	Amb *Enyorada solitud,* Bertrana entra al món del teatre.		Revolució Russa d'octubre.

ANY	VIDA I OBRA DE PRUDENCI BERTRANA	FETS CULTURALS	FETS HISTÒRICS
1922		*Ulysses* de James Joyce.	Marxa de Mussolini sobre Roma.
1923			Dictadura del general Primo de Rivera (fins al 1929).
1925	Bertrana, després de tretze anys de marginació, torna al primer pla de la literatura catalana amb la novel·la *Jo! Memòries d'un metge filòsof.*	Una polèmica entorn de la crisi de la novel·la catalana revitalitza el gènere. *The great Gatsby* de F. Scott Fitzgerald. *Manhattan Transfer* de John Dos Passos.	*Mein Kampf* d'Adolf Hitler. Supressió oficial de la Mancomunitat (que no funciona des de 1923).
1929		*Fanny,* de Carles Soldevila.	Crac de la Borsa a Nova York.
1931	Publica *L'hereu* (premi Crexells), primera part de la seva trilogia *Entre la terra i els núvols,* la seva obra més ambiciosa.	*Mort de dama* de Llorenç Villalonga. *Laura a la ciutat dels sants* de Miquel Llor.	Proclamació de la Segona República Espanyola. Generalitat de Catalunya.
1933	Apareix *El vagabund,* segon volum de la trilogia.		Accés al poder d'Adolf Hitler.
1936	Presideix els Jocs Florals de Barcelona. Publica els *Impromtus,* ressenyes teatrals.		Esclata la guerra civil espanyola.

1939	Acaba l'última part de la trilogia *L'impenitent*, que no serà publicada fins l'any 1948.		Fi de la guerra civil. Comença la segona guerra mundial.
1941	Mor a Barcelona, oblidat de tothom.		
1965	Són publicades les seves *Obres completes* i comença a reivindicar-se el seu nom.		

BIBLIOTECA DIDÀCTICA DE LITERATURA CATALANA

1. Àngel Guimerà, *Terra baixa.*
2. Bernat Metge, *Valter e Griselda i altres textos.*
3. *Rondalles.*
4. Joan Maragall, *Antologia poètica.*
5. Xavier Benguerel, *Els fugitius.*
6. Joan Salvat-Papasseit, *Antologia poètica.*
7. Manuel de Pedrolo, *Domicili provisional.*
8. Llorenç Villalonga, *Desenllaç a Montlleó.*
9. Pere Calders, *De teves a meves.*
10. Prudenci Bertrana, *Josafat.*
11. Baltasar Porcel, *Els escorpins.*
12. Mercè Rodoreda, *La brusa vermella i altres contes.*
13. Josep Maria de Sagarra, *El Cafè de la Marina.*
14. Joan Fuster, *Contra el nacionalisme i altres textos.*
15. Lluís Ferran de Pol, *El centaure i el cavaller. Jungla.*
16. *Antologia general de la poesia catalana.*
17. Jordi Sarsanedas, *Mite del faraó Joan i altres contes.*
18. Montserrat Roig, *Retrats i personatges.*
19. Vicent Andrés Estellés, *Antologia poètica.*
20. Joaquim Ruyra, *Una tarda per mar i altres narracions.*
21. Narcís Oller, *La bogeria.*
22. Carles Soldevila, *Valentina.*
23. Xavier Benguerel, *La fam i les fúries.*
24. Maria de Bell-lloc, *Vigatans i botiflers.*
25. Ramon Llull, *Llibre de les bèsties.*
26. Joan Puig i Ferreter, *La dama enamorada.*
27. Manuel de Pedrolo, *Trajecte final.*
28. Joan Perucho, *Les històries naturals.*
29. Joanot Martorell, *Tirant lo Blanc a l'Imperi grec.*
30. Víctor Català, *Drames rurals.*
31. Baró de Maldà, *El Col·legi de la Bona Vida.*
32. Serafí Pitarra, *El castell dels tres dragons.*
33. J. V. Foix, *Antologia.*
34. Marià Vayreda, *La punyalada.*
35. Maria Aurèlia Capmany, *Feliçment, jo sóc una dona.*
36. Joan Oliver, *Antologia.*